講談社文庫

戦《いくさ》百景

川中島の戦い

矢野 隆

講談社

永禄4年（1561年）第四次川中島の戦い

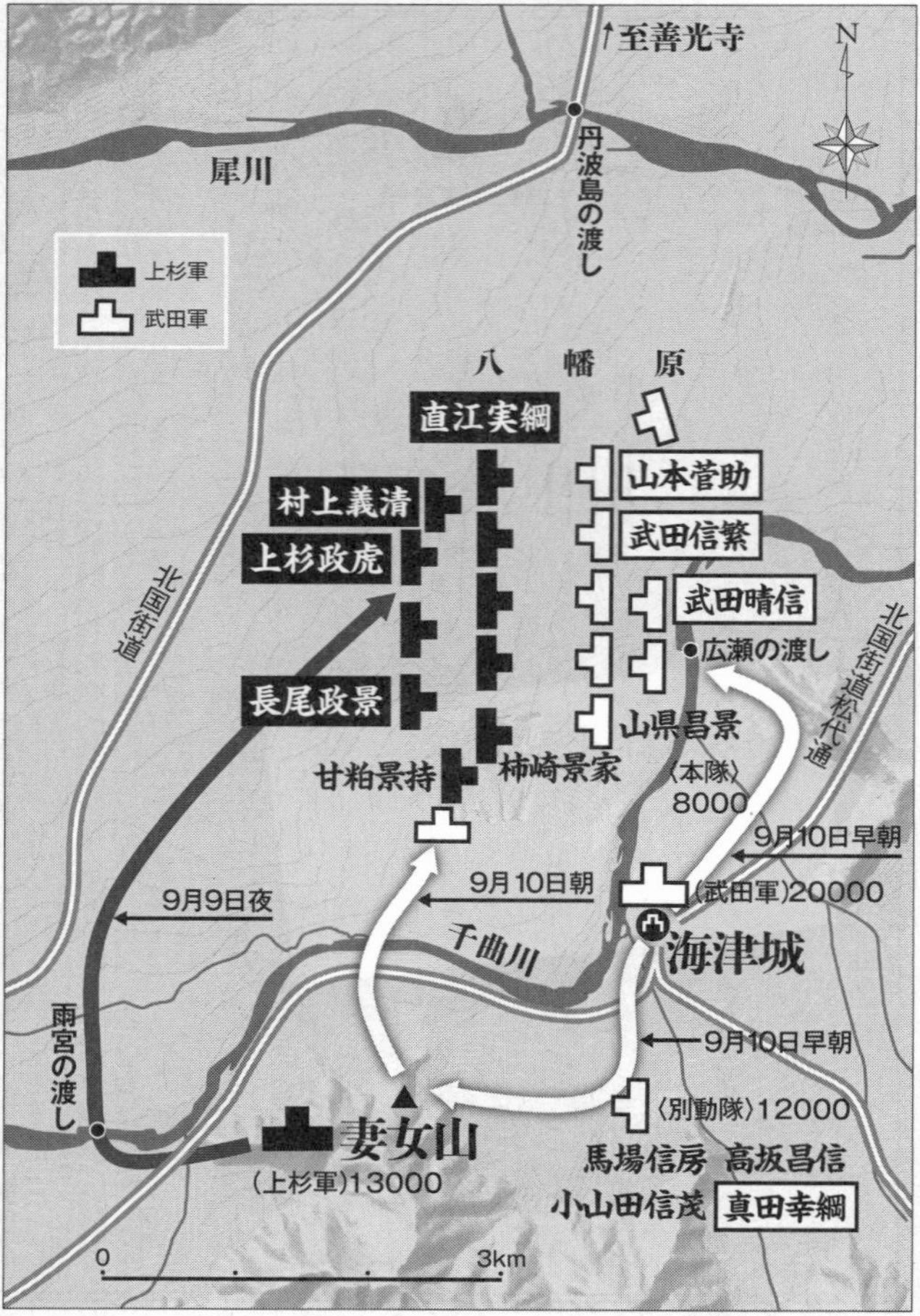

（制作）ジェイ・マップ

戦《いくさ》百景

目次

戦《いくさ》百景　川中島の戦い

壱　村上左近衛少将義清

「小童《こわっぱ》めが」

川向うに陣する敵を見据え、村上左近衛少将義清《むらかみさこんえのしょうしょうよしきよ》は憎々し気につぶやいた。

北信濃《きたしなの》を縦断するように流れる千曲川《ちくま》の川面《かわも》を撫《な》でて昇ってくる風に、かすかな温もりを感じる。冬の終わりを思わせる二月のうららかな陽気であった。本来ならばこんな日は、思い切り馬を走らせ川縁を駆け抜けたいところである。

こんな時に何故《なにゆえ》、これほど不快な者を見なければならぬのか。

義清は腹立たしくてならない。

顎《あご》を覆《おお》う剛毛をがしがしと擦りながら、眼前の敵を凝視する。

あとふたつも年を重ねると五十だ。北信濃の国人として、長年にわたり戦場を駆け巡ってきた義清にとって、敵のおおよその数は一見するだけでわかる。

こちらより三千は確実に多い。それがまた、腹立たしい。

川向うにいる敵の総大将は、己よりも二十ほども年下である。義清の記憶が正しければ、まだ二十八。二十七年前、奴が生まれた頃、義清は今は亡き父の跡を継いで村上家の当主となっていた。

これまた義清の記憶が正しければ、眼前の敵が家督を継いで七年になる。父親を国外に追放しての家督相続であったという。

「小童めが」

先刻と寸分たがわぬ言葉が、寸分たがわぬ響きを湛《たた》え口からこぼれ落ちた。髭《ひげ》を擦る拳《こぶし》に力が籠《こも》り、顎の一番尖《とが》った辺《あた》りで、ごりごりという鈍い音が鳴る。

武田晴信《たけだはるのぶ》。

敵の名だ。

血筋は良い。後《ご》三年の役《えき》において蝦夷《えみし》を退け、武門としての源氏《げんじ》を不動の物とした八幡太郎義家《はちまんたろうよしいえ》の弟を祖に持つ。甲斐《かい》武田家といえば、鎌倉《かまくら》に頼朝《よりとも》が幕府を開く以前よりの源氏の名家だ。代々、甲斐国の守護を務めている。

とはいえ、甲斐国は山深く、隔絶された谷間に集落が点在している故に、土地の国人の力が強い。武田家も、常に国人たちの反抗に悩まされてきた。武田家が甲斐一国を力で抑え込むことができたのは、晴信の父、信虎《のぶとら》の頃のことである。

そう。

晴信の父である信虎が、甲斐統一の立役者なのだ。

義清にとって甲斐国領主といえば、信虎であった。信濃佐久《さく》を巡って幾度も干戈《かんか》を交え、同じ敵を前にして手を組むこともあった。ともに戦《いくさ》好きであった故、敵として命のやり取りをしながらも、心のどこかで通じ合っているような不思議な心地を抱いてもいた。

そんな信虎を国外に追って、晴信は武田家を継いだのである。

いや、奪ったのだ。

荒々しい父と正面から戦うことを避け、家臣どもを裏で抱え込み、小癪《こしゃく》な策を弄《ろう》して甲斐一国を盗み取ったのである。

「小童めが」

三度目である。それ以外に言葉が見つからないのだから仕方がない。晴信のことを思うと、小童という言葉以外に頭に浮かんでこないのだ。

なにが腹立たしいかといえば、この小童は七年前に武田家を盗んでからというもの、戦で敗《ま》けたことがない。

しかも、信虎よりも広大な版図を築き上げながらである。

父である信虎が、領国の家臣や民の疲弊を顧みず、幾度も兵を差し向けて手に入れようとした諏訪《すわ》を、晴信は家督を継いで一年あまりのうちに手にしてしまった。諏訪家内の相克《そうこく》を巧みに利用しての勝利であった。

信濃国の中央に位置する諏訪を手中に収めただけでは飽き足らず、晴信は進路を南へと定めた。諏訪近隣の大井《おおい》、高遠《たかとお》、藤沢《ふじさわ》を攻め、その領国を奪い、上伊那《かみいな》をも手に入れた。

敗け無しである。

気に喰わない。

「ぶっしゃいっ！」

春風が鼻毛を揺らし、不意に義清はくしゃみをした。腹から激しく吐き出された気が発《た》てた轟音に、周囲の家臣たちが驚いて肩を小さく揺らす。洟《はな》を啜《すす》って咳払《せきばら》いをする主の姿を見て安堵《あんど》すると、男たちは再び息を潜《ひそ》めて背筋を正した。

わずかに開いた鎧《よろい》と衣の隙間《すきま》に川から上がってきた風が忍び込み、義清の体を冷やす。春の気配が色濃くなってきたとはいえ、川縁はまだまだ寒い。

「このような時に戦などせずとも良かろうに。小童めが。落ち着きというものを知らぬらしいわい」

誰にともなくつぶやく。背後に控える家臣たちから答えが返って来ないことなど、承知の上である。

諏訪一帯を領国に加えた晴信の目は、信濃の北部、佐久へと向いた。手始めに佐久の有力者であった大井貞隆《さだたか》を攻め、生け捕りにした。その後、上伊那平定を挟んで、貞隆の子、貞清《さだきよ》を打ち負かして配下に加えると、佐久で孤塁を保っていた志賀《しが》城の笠原清繁《かさはらきよしげ》と敵対して城を包囲。加勢に来た上野国《こうずけのくに》の金井秀景《かないひでかげ》の軍勢を撃破した。

この時、晴信は討ち取った敵の首三千あまりを、志賀城の周囲に並べた。結果、士気が下がった志賀城の笠原勢は城を破られ、女子供もろとも三百人あまりが討ち取られるという大敗を喫した。

佐久を晴信が手に入れたことで、義清の領国と武田家は境を接することとなったのである。

武田晴信は刃向った者に容赦しない。志賀城での非道な行いが、信濃の国人を震え上がらせた。未だ敗け知らず。諏訪、上伊那を手中に収めた晴信のことを武神《ぶしん》のごとく褒《ほ》めそやす者もいる。武田の若虎などと、信虎という父の名をからめて言う者さえいる始末だ。

まったくもって気に喰わない。

「ふんっ」

対岸の敵を吹き飛ばさんばかりに、鼻から勢いよく息を吐く。それから川に背をむけ、居並ぶ家臣たちへと目をむけた。

「良いか。手筈《てはず》通りにやれば、武田の若僧など恐るるに足らぬ。敗けを知らぬということは、恐れを知らぬということじゃ。良い思いをさせて図に乗らせてやれば、後はこちらの思う壺《つぼ》じゃ」

「おぉおっ！」

一斉に家臣たちが応える。誰一人として、敵の武名を恐れてなどいない。震えるほどの味方の覇気を全身に浴びながら、義清は満足の笑みを浮かべる。

「始まるぞ」

言い終わらぬうちに、背後から敵の喊声《かんせい》が聞こえてきた。家臣たちの中央を抜け、義清は味方の奥に設《しつら》えた本陣へと大股で歩んだ。

敵の先陣が味方をなぎ倒しながら本陣へと迫って来る。

「退《ひ》けっ！　退くのじゃっ！」

吠《ほ》える義清の顔に焦《あせ》りはない。漆黒《しっこく》の馬にまたがり、本陣の兵とともにみずからもじりじりと退いてゆく。

先陣を率いる敵の大将の兜《かぶと》に金色の蜻蛉《とんぼ》が見えた。その前立てを用いる将の名を、義清は知っている。

板垣信方《いたがきのぶかた》。

武田家の名門である板垣家の当主であり、晴信の傅役《もりやく》を務めた重臣だ。信虎を駿河《するが》へと追放した一件の裏で糸を引いていたのは、信方だと義清は見ている。晴信の代になり、武田家随一の宿老として、家中に重きを成しているという。

信方の武名は上諏訪にも轟《とどろ》いている。志賀城攻めの際にも、同じく宿老の甘利虎泰《あまりとらやす》とともに武田勢を率いていた。

主の武勇を背負い、信方が一目散に本陣を目指してくる。義清は敵の速さに負けぬよう、ひたすらに馬を走らせてゆく。

「退け退け退けぇ！」

叫ぶ口許《くちもと》が笑っている。

楽しくて仕方がない。

敵がこれほど思惑通りに動いてくれるとは思ってもみなかった。敗け知らずの武田の若虎には、義清が考えもしないような神がかった手腕でもあるのではないかと心の隅では疑ってもいた。だが、どうやらそれは杞憂《きゆう》であったらしい。

「散れっ！　散るのじゃっ！」

板垣勢から離れるようにして、手筈通りに味方が散ってゆく。その様を見れば、誰もが潰走《かいそう》だと思うだろう。

敵の先陣が足を止めた。川を渡り、上田原《うえだはら》の奥まで突出している。板垣勢を追うようにして川を渡った敵勢が、上田原に点在していた。

旗印を頼りに、敵勢の将を口にする。

「甘利、才間《さいま》、初鹿野《はじかの》……」

束《つか》の間《ま》の静寂が上田原に流れた。不穏な殺意が戦場を包み込む。それは、義清から放たれた邪気であった。将の心が家臣たちに伝わり、村上勢が一個の獣《けもの》と化し、狩場に散らばる獲物に狙いを定めたのである。

「行け」

命じた訳ではない。手綱《たづな》を握りしめつぶやいただけだ。が、義清の意図を推《お》し量ったように、散らばっていた味方が一斉に動き出した。

上田原の奥深く。敗け知らずの若虎から離れた板垣勢を取り囲む。退路となる川へとむかう方角を分厚く固めている。

逃げ場はない。

逃げ惑っていた敵が一斉に襲い掛かってきたことで、板垣勢は混乱を来していた。武田家随一の重臣を助けんと、甘利、才間、初鹿野たちが集まって来る。

「馬鹿め」

馬廻りの数十騎のみを従えた義清は、敵に語りかけながら、馬を走らせた。板垣勢を腹中に収めて骨すら残さぬとばかりに攻めたてる味方を横目に、息を潜めて野を駆け抜ける。敵の目は、突如襲い掛かってきた村上勢に注がれていて、義清が率いる騎馬武者たちに気付いていない。

「板垣駿河守、討ち取ったりぃぃぃっ！」

味方の叫ぶ声を聞きながら、義清はほくそ笑む。

板垣信方を喰らった味方が、甘利勢へと刃《やいば》をむける。

すでに喧噪《けんそう》は義清の背後へと遠ざかっていた。

わずかな手勢とともに密かに川を渡る。板垣勢、甘利勢の混乱を目《ま》の当たりにして、武田晴信が率いる本隊がゆっくりと前進してゆく。その遥か下流を、義清はしずかに渡った。

率いているのは村上家のなかでも選《え》りすぐりの武辺者であった。義清みずからが目にして、これはと思った者だけを集めている。一人一人が、並の兵十人分の働きくらいならば平然とやってのける。

「甘利ぃっ！」

遠くで川を渡ってゆく敵勢のなかから、悲鳴にも似た声が上がった。若い。晴信か。

どうやら、甘利虎泰も討ち取ったようである。

「まだまだまだまだ……」

誰にも聞こえぬようつぶやく。

心が躍る。

義清の本当の獲物は板垣や甘利などではない。若い驕《おご》りに身を委ねた愚かな名門の当主である。

義清以下、馬廻りの男たちはいずれも黒い馬にまたがっていた。鎧も黒い物で揃えている。

漆黒の獣が、はじめての敗北を前にしてうろたえる巨大な獲物めがけて駆けてゆく。

「喰らい付いたら真っ直ぐ駆けよ。晴信以外は構うな」

誰も応えない。

義清は敵の腹背に喰らい付いた。鏃《やじり》と化した味方が、武田本隊の表皮を破って深々と突き刺さる。

「晴信っ！　武田晴信は何処《いずこ》じゃあっ！」

叫びながら、手にした槍で敵を薙《な》ぎ払ってゆく。敵勢は半ばまで川を渡り終えていた。義清が食らい付いたのは、渡河を待つ一番深い場所である。

いったい何が起こったのかという様子で、敵は義清たちに対応できずにいる。こちらに刃をむけることすらままならず、怯《おび》えというより驚きで顔を強張《こわば》らせた敵が、ばたばたと倒れてゆく。

喰らい付いて数瞬のうちに、義清は数え切れぬほどの敵を屠《ほふ》った。

見えた……。

死にゆく敵の隙間に、煌《きら》びやかな鎧を着けた若者の姿を認める。

「武田晴信！」

若者が義清の叫びに体を強張らせる。

敵の群れが晴信の前に立ちはだかった。

「邪魔じゃ！」

義清の振るう槍が乱暴に敵の壁を打ち崩してゆく。

勢いはこちらにある。

怯《ひる》んだ敵に、武に愛された義清を止める力はない。

壁が割れた。

晴信。

「村上義清か！」

太刀《たち》を抜き、白馬の上で若虎が叫んだ。

「応っ」

両者を隔てる者はいない。

黒白の馬が交錯する。

手応えはあった。

馬首を返すと、太刀を手放した晴信と目が合った。

「殿を御守りするのじゃ」

分厚い敵の壁が、義清と晴信の間に何層も立ちはだかった。

義清を追って敵中を駆け抜けてきた男たちが、周囲に集《つど》う。

敵は混乱から立ち直り、こちらが小勢であることを悟り始めている。

「これまでにござりましょう殿」

冷静に言った若き味方に、義清はうなずく。そして、味方の陰に隠れているであろう若虎にむかって吠えた。

「命拾いしたのぉっ！」

高笑いとともに、義清は敵を掻《か》き分け上田原の奥深くへと消えた。


晴信は戦場に二十日ほど留まっていたという。

板垣信方、甘利虎泰、才間河内守《かわちのかみ》、初鹿野伝右衛門《でんえもん》らを一日のうちに討ち取った義清は、居城である葛尾《かつらお》城へと戻った。

敵の消えた上田原に、晴信は留まったのである。そのまま頑として動かず、母の懇願を受け、渋々上田原を去ったのは、冬の名残も消え果てた後のことであった。

死者の数は村上と武田の間に、さほどの差があったとはいえない。しかし、武田家は板垣信方、甘利虎泰という晴信を支えていた二人の重臣を一度に失うという大きな打撃を受けた。どれだけ晴信が戦場に留まって、敗けを認めずとも、信濃の侍たちはいずれが勝者であったかを正確に見抜いていた。

義清の勝利である。

無敗の若虎に勝利を収めた義清の武名は、信濃じゅうに轟いた。

武田家の猛威に為すがままとなっていた信濃国守護、小笠原長時《おがさわらながとき》は、この機に乗じて兵を挙げた。義清はもちろん長時に加勢する立場を取った。

武田家と長時の戦いは、上田原での戦の後、二年ほど続いている。義清は両者の動向を窺いつつも、みずからの敵と対峙《たいじ》していた。

信濃の最北、越後《えちご》と境を分かつ高梨《たかなし》家である。高梨家の惣領《そうりょう》である政頼《まさより》は、越後の守護代である長尾《ながお》家と縁続きであり、信濃の国衆でありながら、越後との繋《つな》がりが深い。義清は領国の境目争いで度々この政頼と争った。

「なんじゃと、砥石《といし》城に武田が迫っておるじゃと」

境を越えて高梨領を攻めていた義清の元に、領国から伝令がもたらされた。

義清の留守を狙い、晴信が砥石城に兵を差し向けたというのである。

砥石城は本城である葛尾城の南東に位置し、村上家の領国にとっては要《かなめ》の城といえた。砥石城を取られてしまえば、葛尾城は目と鼻の先である。砥石城を拠点として葛尾城を攻められでもしたら、たちまち窮地に陥ってしまう。そもそも、相手は甲斐一国と諏訪、上伊那、それに小笠原家との戦いで勝利して松本平《まつもとだいら》をも手に入れている。領国が違い過ぎる。

どれだけ目先の戦で勝ちを収めようと、砥石城を抑えられて喉元《のどもと》に刃を突き立てられたままともなれば、真綿で首を絞められるかのようにじりじりと弱らされてゆくだけだ。

「小童め。二年前のことを忘れてしもうたか」

忘れていないからこそ、義清が領国を留守にしている隙を狙っての侵攻なのである。高梨との戦で迂闊《うかつ》に動くことのできぬ義清の隙を狙った姑息《こそく》な策なのだ。

好ましくない。

戦は力と力のぶつかり合いではないか。どれだけ策を弄しようと、結局は互いの武勇の優劣が物を言う。槍働きに勝る策などないと、義清は信じている。だからこそ、晴信のようなやり方が気に喰わない。敵の家臣同士を争わせて、漁夫の利を得るなどという手を平気で使う若僧の心根が理解できない。姑息な手で領地を広げ、義清のような生粋《きっすい》の侍たちに蔑《さげす》まれ、それで平気な顔をしている晴信の気が知れぬ。

二年前、上田原で見た若僧の引き攣《つ》った顔を思い出す。

「引き返すぞ」

「しかし」

「高梨とは和睦《わぼく》する」

それ以上、家臣たちの声に耳を貸さなかった。

高梨との和睦は結局、二十日ほどかかって成った。

どれだけ互いに遺恨があろうとも、武田家の侵攻となれば話は別。高梨政頼にしてみれば、義清が晴信に敗れて村上領が武田家の物になってしまうと、次の標的は己ということになる。その辺りのところを説いて、なんとか和睦に漕《こ》ぎつけたのだった。

敵の敵は味方。

結局、政頼は義清との戦いよりも、武田家への反抗を選んだのである。

和睦を済ませると、義清はすぐに味方とともに砥石城めがけて馬を走らせた。

「保《も》ってくれよ」

砥石城に籠る千にも満たぬ味方を想い、義清はつぶやく。手綱を握りしめる手に力が籠る。城が落ち、敵がそこに籠るようなことにでもなれば、戦場に到着した義清たちは、万全の態勢を整えた敵と対峙することになる。報せによれば、数百の砥石城の味方を囲むのに、晴信は七千もの大軍を率いてきたらしい。それが砥石城を拠点として、義清を迎え撃つのだ。

こちらは敵の半数にも満たない。迎え撃たれたら一巻の終わりである。敵の目が城にむいている間に奇襲をかけること以外、義清に勝ち目はないのだ。

絶対に城は保っている。

確証などどこにもないが信じていた。千に満たぬとはいえ、義清が信頼する者たちである。精強さは武田の兵にも引けを取らぬ。実際、上田原では勝っているのだ。あれ以来、小笠原長時との戦においても、晴信は敗けていない。武田の小童に土を付けたのは、義清と村上の兵だけなのである。

「待っておれ」

いまだ見えぬ砥石城に籠る家臣たちを脳裏に思い描きながらつぶやく。

何故、己はここまで強硬に抗《あらが》うのか。

武田の威勢に屈し、晴信に頭《こうべ》を垂れた者も多い。

村上家は武田家同様、源氏の流れを汲《く》む。建武《けんむ》二年、信濃惣大将として入国した村上信貞《のぶさだ》の代より信濃に住している。その血筋は守護である小笠原家にも引けを取らない。

だからこそ、小笠原家が晴信に屈した今、名流村上家の惣領である己が、武田家への反抗の砦《とりで》として踏ん張らねばならぬ。

などという気概など、義清には欠片《かけら》ほどもない。

気に喰わぬ。

その一事のみである。

義清には解っているのだ。どれだけ頑迷に抗おうと、武田に抗しきれるだけの力は己にはない。周囲の国人と手を携えて抗ってみたところで、先は見えている。櫛《くし》の歯がひとつふたつと欠けてゆくように、北信濃は武田家一色に塗りつぶされてゆくことだろう。

頭ではわかっているのだ。

長い物に巻かれる方が生きやすいということも。

敗北を知らなかった晴信を、あと一歩のところまで追い込んだのだ。頭を垂れれば軽んじられることはない。もともと甲斐は国人の力が強い土地である。頭を垂れてきた者を受け入れながら、武田家は大きくなってきたのだ。

道理ではわかっている。この辺りが潮時であると。

が……。

心が追いつかない。

非道、奸計《かんけい》、なんでもあり。領地を得るためならば、どれだけ弱き者が犠牲になろうと構わぬという晴信のやり方だけは、どうしても許せないのだ。晴信に頭を垂れるくらいなら死んだほうが増しである。それだけの理由で、義清は馬を走らせているのだ。

明日はどうなるかわからぬが、今日の戦には勝つ。勝ちを重ねたその先にも、北信濃から晴信を追うという道は見えていない。そんな先のことを考える余裕は、義清にはなかった。

「砥石城に着いたらすぐに戦じゃっ！　気を緩めるなよっ！」

己に言い聞かせるように、義清は叫んだ。従う男たちの威勢の良い声が、その背を押した。

僥倖《ぎょうこう》……。

思いつく言葉はそれしかなかった。

義清が砥石城に辿《たど》り着いた時、敵は陣払いの真っ最中であった。すでに本陣は包囲を解き、はるか遠くに去っている。城を取り囲んでいた者たちも、長い隊列を組んで城に背をむけていた。

保ったのだ。

籠っていた千に満たない兵たちは、武田軍による総攻撃開始から二十日もの間、必死に城を守ったのである。結果、敵は城攻めを諦《あきら》め退却を始めたのだ。

「かかれぇっ！」

それ以外の命《めい》は無かった。

義清は右手を振り上げ、あらん限りの声で叫んだ。

高梨との睨み合いと、砥石城への行軍中の焦りと苛立《いらだ》ちで、身中の鬱憤《うっぷん》が溜まりに溜まっていた兵たちが、主の声を聞くと同時に敵の殿軍《しんがり》めがけて駆けだした。

もはや規律などどこにもない。手柄を求めての突撃でもなかった。

憎き敵を一人でも多く屠りたい。

味方の兵たちからにじみ出る血《ち》腥《なまぐさ》い殺意が、彼等の鬱屈を義清に訴えかけて来る。

「儂《わし》もじゃっ！」

黒塗りの槍を小脇に手挟《たばさ》み、誰にともなく叫んだ。敵の背に群がる味方を左右に押し退けながら、馬を走らせる。

背後に見える城から喊声が上がった。肩越しに見た義清の目に、二十日もの間固く閉ざされていた城門が開くのが映る。

城兵たちも鬱屈を溜めていたのだ。

「行け、遠慮はいらんっ!」

殿軍の奥深くまで馬を走らせ、義清は思う存分槍を振るう。

突出している。

そんなことは構いはしない。

己が大将、村上家の惣領、死ねば自軍が崩壊するなどという細々としたことなど、はなから考えていない。そんな繊細なことを考える頭があるのなら、武田家と事を構えようなどとは思わない。信濃を守る。自領を守る。そんなことも考えていない。

義清が心底気に喰わない主の元で、気に喰わない戦いをする、気に喰わない敵どもを屠る。

それだけ。

殺したいから殺している。やられたからやり返しているのだ。

餓鬼《がき》の喧嘩《けんか》である。

それで良い。

安閑と帰路に就こうとしていたところを襲われて、泣きそうになっている顔を見据えながら、笑みを浮かべて胴を貫く。引き抜くと同時に、新たな敵の頭を柄で打つ。昏倒《こんとう》などという生易しい打ち方はしない。一撃で頭の骨を砕いて殺してやる。

餓鬼の喧嘩だと心につぶやいた瞬間、義清にはすべてが見えた。

何故、己がこれほどまでに晴信を嫌うのか。

小癪だからだ。

若いくせにやけに小器用で、人の心の襞《ひだ》を抉《えぐ》るような戦をする。己の手が汚れぬよう汚れぬよう、味方が死なぬよう死なぬよう、巧妙に立ち回り、敵の領地を奪ってゆく。敵の血や涙がどれだけ流れようと、お構いなし。みずからの犠牲が最小であることのみを好む。

そんなものは喧嘩ではない。

互いに殴《なぐ》り合い、傷付け合ってこその戦ではないか。

五十だ。

いつ仏が迎えに来てもおかしくはない老境にある。晴信などよりも何倍も、腰を据えていなければおかしい年だ。

なのに晴信のように小器用にはなれない。

領国を持つ国人として相応《ふさわ》しい振る舞いではないといわれれば、たしかにそうかもしれない。多くの民の命運を握る者であるという自覚があるならば、晴信のように小器用に立ち回る術《すべ》を少しは覚えておかねばならぬのだろう。

糞喰《くそく》らえだ。

どれだけ年を取ろうと、どれだけ死に近付こうと、義清は義清なのである。嫌いな物は嫌い。胸を張ってそう言うために、義清は生きている。

だから。

晴信が許せない。

「どこじゃやっ！　武田晴信っ！　姿を見せぇいっ！」

味方のことなど考えず、単騎敵に斬り込んでゆく。義清の周囲の敵は、すでに隊列を保てずに散り散りになりながら逃げ惑っている。誰一人として、義清に抗しようという者はいない。

槍を振れば必ず斬れる。もはや戦とは呼べぬ、一方的な殺戮《さつりく》であった。已が戦っているのは本当に武田晴信の兵なのであろうかと、不安になってくるほどである。

諏訪頼重《よりしげ》を謀殺して諏訪を手に入れ、佐久、伊那をも平らげ、小笠原長時を破って府内《ふない》さえも従えた常勝の武田の若虎。

そんな男が従える兵とは思えぬほどに、目の前の敵は弱かった。

戦うつもりがない。退路を無心にひた走り、追って来る敵には目もむけない。結果、義清の槍の餌食《えじき》になる者が続出する。

しかし……。

どれだけ屠られようと、追撃してきている義清の手勢は敵の半数に満たぬのだ。勢い良く逃げれば、大半の者は逃げ延びてしまう。

「晴信ぅっ！　正々堂々、勝負せいっ！」

吠える。

晴信は聞いていない。もし、聞いていたとしても、あの男は立ち止ることはないだろう。どれだけ味方を犠牲にしても、義清から逃れる道を選ぶ。

気に喰わない。

急に萎《な》えた。

背を見せる敵から目を逸らし、天を仰ぐ。それより先に槍は掌中で静まっていた。

「小童めが」

ひと雨来そうな曇天《どんてん》を睨《にら》みつけ、義清はひとりつぶやいた。

この日、村上勢は千人ほどの敵を討ち取る大勝を得た。武田家の者たちは、後にこの時のことを砥石崩れと呼び、みずからの戒めとしたという。

砥石城が落ちた。

七千にものぼる晴信の兵に囲まれても落ちなかった城が、敵に一人の損害もなく中から自壊したという。その報せを葛尾城で聞いた義清は、束の間言葉を失った。

「真田《さなだ》幸綱《ゆきつな》……」

広間の上座に胡坐《あぐら》をかきながら、城を落とした者の名を呼んだ。左右に並ぶ家臣たちは、主の一挙一動を固唾《かたず》を呑《の》んでうかがっている。下座に控える砥石城からの伝令も、義清の言葉を待っていた。

「御苦労であった」

下座に目をむけるでもなく、虚空《こくう》を見据えたままつぶやくと、伝令は静かに一礼して去って行った。

「真田といえば、海野《うんの》の」

上座の老臣が言った。義清はうなずきだけを返す。

真田幸綱という名を義清は覚えている。信濃国小県《ちいさがた》の海野平を領する海野一族のなかで真田の地に住まう者たちの当主であった。義清が海野一族を討ち海野平を手に入れた際に、幸綱は上野に逃れたはずである。

この時、義清とともに海野一族と戦ったのは、今は亡き諏訪頼重と、晴信の父、信虎であった。

義清は信虎とは不戦の盟約を結ぶ間柄であったのだ。ともに海野一族を攻めたそのひと月後、信虎は息子によって甲斐国主の座を奪われ駿河に追放された。父の跡を継ぎ、甲斐の国主となった晴信は、義清との断絶を決めた。義清にとっては突然過ぎる甲斐の政変であった。

今にして思えば、あの時から晴信はすでに義清といつかは事を構えることになるかもしれぬと思っていたのかもしれない。そう考えると晴信は、家督を継いだその時から、信濃一国を平らげるつもりであったのだ。

「真田の調略は城内だけではなく、小県周辺に及んでおるとのことにござりまする」

老臣の言葉が思惟《しい》を破る。

「真田め……。大方、武田から旧領を得る約定《やくじょう》を得てでもおるのであろう」

家臣のなかから嫌悪を隠さぬ声が聞こえた。

砥石城の兵たちは、幸綱に内応してみずから城に火を放ち、門を開いたという。真田がどれだけ近郷の者であろうと、一度も刃を交えずに城が落ちるなどということは考えられなかった。

考えられぬことが起こっている……。

義清の心に不吉な影が差す。

砥石城を攻めて取り戻したとしても、調略によってふたたび門を開かれてしまえば元も子もない。

真田幸綱は上信濃の男だ。

上信濃の内情、国人たちの関係を知り抜いた幸綱が暗躍することで、すでに武田家の武勇を恐れて軍門に降《くだ》っている者も多いなか、今なお反抗している者たちが、どれだけ耐えられるか。

己はどんなことがあっても、幸綱の口車には乗らない。また、幸綱も義清の前に現れることはないだろう。

気に喰わぬ戦が義清に見えぬところですでに始まっている。

「殿、砥石城はどうなさりまするか」

「いらぬ」

吐き捨てて、義清は広間を立ち去る。脳裏には、ある者の名が思い浮かんでいた。

砥石城が落ちて間も無く、佐久で唯一晴信に抗していた岩尾《いわお》城の岩尾弾正《だんじょう》が武田家に頭を垂れた。その後、晴信は筑摩《ちくま》郡の平瀬《ひらせ》城、安曇《あずみ》郡の小岩岳《こいわたけ》城を攻め落とす。二年あまりの間に、義清の周囲の反武田勢を次々と平らげたのである。

そして満を持して、義清の居城、葛尾城へと攻め寄せてきた。

「逃げる」

家臣たちを広間に集め、義清は屹然《きつぜん》と言い切った。多くの者はすでに覚悟ができていたようで、驚きもしなかった。

潮時である。

「これ以上、晴信と戦《たたこ》うても先は無い。無益な死人が出るだけじゃ。ここは逃れ、再起を目指す」

幸綱が晴信を頼り、自領の復帰のために働いているように、義清もまた新たな道を進まねばならない。

「何処へ」

「越後しかあるまい」

長尾景虎《かげとら》。

晴信より九つも若い。五十三になった義清とは二十九離れている。

小童といえば、晴信よりも小童だ。それでも、晴信と不倶戴天《ふぐたいてん》の間柄である以上、頼れるのは越後の長尾以外になかった。

「しかし長尾家は、高梨と縁続き。迎え入れてくれましょうや」

老臣の眉間《みけん》に苦渋の皺《しわ》が深く刻まれている。主の行く末を心底から案じているのだ。義清は老臣の不安を掻き消すように、快活に笑って見せた。

「賭《か》けてみるしかあるまい。長尾景虎という男にの」

越後守護代家でありながら、守護上杉家を有名無実な存在として、実質的な越後の支配者として君臨する長尾家の当主である。その武名は絶大であり、将軍家からは白《しろ》笠袋《かさぶくろ》と毛氈鞍覆《もうせんくらおおい》の使用を認められ、北条《ほうじよう》家により関東を追われた関東管領上杉憲政《のりまさ》は、景虎の力を頼り越後へと逃れていた。憲政の頼みを聞き、景虎は北条との戦のために関東へ出兵もしている。

幕府を顧み、神仏の信奉も深く、義に篤《あつ》い男であるという専《もっぱ》らの噂《うわさ》であった。

勝算はある。

「儂は長尾景虎に会ってみるぞ」

その日、義清は村上家代々の居城、葛尾城を捨て、越後へと落延びた。

鎧越しに、剣呑《けんのん》な気が容赦なく肌に突き刺さる。敵地の只中にいるのかと思うほど、義清に浴びせられる視線は険しいものだった。

己は敵でも罪人でもない。

空の上座を見据えたまま、義清は堂々と胸を張る。

越後国春日山《かすがやま》城。

長尾家の居城である。本丸屋敷の広間に通され、板間のど真ん中に座らされた。上座以外は開け放たれているが、ひと駆けしても廊下や庭に辿り着くことが出来ない。左右には長尾家の家臣たちが並び、敵意の眼差《まなざ》しを義清にむけている。どの顔も見事なまでに頑強で、雪国の厳しい冬を越えることで培《つちか》われたであろう精悍《せいかん》さに満ち溢《あふ》れていた。

家臣の列のなかに、見知った顔を見付けた。

高梨政頼。

政頼の妻は、長尾景虎の叔母にあたる。信濃の国人でありながら、長尾と縁が深い政頼は、まるで長尾の家臣のように、むくつけき男達とともに義清を冷淡な眼差しで眺めていた。信濃の国人としての矜持《きょうじ》も持たず、平然と長尾の臣と並ぶ政頼に腹立たしさを覚えながらも、義清は何食わぬ顔をして上座を見据える。

「御見えにございます」

上座脇に控えていた小姓が皆に告げると、男たちが一斉に顔を伏せる。義清もそれに倣《なら》い、ゆっくりと頭を下げた。

静やかな気配が広間の外から入ってきて、上座中央で止まる。

「面《おもて》を上げられよ」

透き通る声に誘われるようにして、義清は静かに顔を上げた。自然と頭が持ち上がったことに、義清自身が驚いている。まるで見えない手で持ち上げられたかのようだった。それでいて、いささかも無理矢理ではなく、むしろ心地良い揺らぎのなかで力を用いずに頭だけが持ち上がったという感じだった。

「長尾弾正少弼《しょうひつ》景虎である」

鋭くしなやかな針を思わせる声が、顔を上げた義清の眉間に突き立った。

齢《よわい》二十四……。

信じられなかった。

際立《きわだ》った目鼻立ちに、眉尻にむかって天に上がって行くような眉。一見すると威圧に満ちた顔立ちに見えるのだが、顔の肉に余計な緊張が無いから茫洋《ぼうよう》にも感じられる。しかし、しっかりと開かれた左右の純白の眼に浮かぶ瞳の輝きが、そんな印象をくつがえすほどに眩《まぶ》しい。幽《かす》かな光が射しこむだけの広間のなかでも窺い知れるほど景虎の瞳は茶褐色で、その褐色の瞳の真ん中に黒々とした小さな点が浮かんでいる。その小さな黒点が、義清の眉間あたりに向けられて、ちりちりとした鈍い痛みを与えて来るのだ。

気の所為《せい》だとみずからの心に言い聞かせる。

長尾家の臣に長い間悪意を浴びせられ、単身敵地に乗り込んだかのごとき錯覚を覚えていたところに、やけに大人びた若僧が入ってきた。常人とは一線を画した眼光に気圧《けお》されて、妙な感覚を覚えただけだ。己にそう言い聞かせることで、義清は景虎との間合いを測ろうとする。

が……。

どうしても眉間の鈍い痛みが取れない。こんなことは初めてだった。五十三年の人生のなかで、数え切れぬほどの武人を見て来た義清であったが、目の前に座る若者のような者に出会ったことはない。

一見しただけで、義清は魂を景虎に摑まれたような心地になっていた。果たしてこの男に、村上家の命運を託して良いものなのか。みずからの器量では推し量れそうにもない男との邂逅《かいこう》を、今更ながらに後悔している。

「村上殿も名乗られるのが礼儀でありましょう」

左右の男たちのなか、一番上座に控える者が言った。気の細かそうな顔をした男である。

「良いではありませぬか義兄上《あに》」

細い眉をひくつかせる男に、景虎が優しく語りかけた。

義兄上と呼んだということはと、義清は男のことを思う。長尾家の当主の元に、景虎の姉が嫁に行ったという話は聞いている。義兄の名はたしか政《まさ》景《かげ》と言ったはずだというところまで考えて、義清は景虎とは似ていない細面《ほそおもて》を見た。

「主はこう申しておるが、こちらに先に名乗らせるのは失礼であろう。まずは其方《そのほう》から名乗るべきじゃ」

政景の悪態の途中で、義清は大袈裟《おおげさ》なまでに両手を床について頭を下げた。

「信濃国坂木《さかき》住、葛尾城主、村上左近衛少将義清にござりまするっ！」

戦場で兵を叱咤《しった》するかのごとき大音声《だいおんじょう》で言い放つ。開け放たれていながらも、義清の声は広間に轟いた。政景の陰湿な言葉と、景虎の化け物じみた気配を、みずからの武勇で振り払いたかったのだ。

義清の思惑通り、政景は覇気に当てられ体を仰《の》け反《ぞ》らせている。義清をにらむ目には嫌悪の色が満ち満ちていた。

だが、上座の若僧は眉ひとつ動かすことなく、端然と義清を見下ろしていた。口許に浮かんだ微笑には、少しの無理も感じさせせぬ余裕が漂っている。

「さすがは北信随一の猛将と呼ばれる左近衛少将殿。ひと声で義兄上を黙らせてしもうた」

悠然と言った景虎が、笑みのまま義清に視線を浴びせる。額の痛みから逃れるように、義清は一度激しく首を左右に振ってから、気に満ちた声を上座に放った。

「武田晴信に砥石城を奪われ、近隣の者どもを飼い慣らされ、やむなく葛尾城を落延び、越後へと逃れてまいり申した」

いまさら取り繕《つくろ》ったところでどうなるものでもない。義清は晴信に敗けたのだ。敗けたから、こうして景虎の前に座っている。その現実を認めずして、先に進めるはずもない。

だが、敗れたからといって、長尾家の軍門に降ったわけではない。北信濃の国衆として、景虎と面会している。悪びれることはない。胸を張り、真正面から上座の若僧を見据えた。

やはり眉間がちりちりと痛い。

義清も両の眼に覇気をみなぎらせているつもりなのだが、若い越後の領主に押し切られている。敗けぬとばかりに鼻の穴を膨《ふく》らませ、胸を張る。悔《くや》しいことに景虎は、義清の努力などどこ吹く風で、微笑のまま北信濃の国人を眺めていた。

「それはそれは」

「他人事《ひとごと》のように申されまするな」

景虎の言葉を聞くとすぐに切り返す。無礼という語が政景の座っているあたりから聞こえてきたが、続きを言わせぬように言葉を重ねた。

「武田晴信は強欲な男にござる。甲斐信濃だけでは飽き足らず、かならずや越後へと兵を進めてまいりましょう。そうなれば、景虎殿もそうやって他人事のように笑ってはおれますまい」

「そうか」

義清の強情な声とは対極なまでに、涼やかな声が上座から降ってくる。いっさい圧がないくせに、広間に集う者すべての気を景虎へとむける不思議な旋律《せんりつ》であった。義清も、勢いを呑まれ、思わず口を噤《つぐ》んだ。景虎の言葉を待っている己に気付き愕然とするが、広間に流れる気を打ち破ってまで雑言《ぞうごん》を吐く気になれない。

「我は笑っておったか」

「は……」

拍子の抜けた声が、義清の口から零《こぼ》れ出す。あまりにも思いがけないひと言だったせいで、頭のなかが真っ白になってしまった。

たしかに景虎は笑っていた。いや、今なおうっすらと笑っている。しかしそれがどうしたというのか。己が景虎の笑みのことを口にしたことさえ、義清は忘れてしまっている。

「申し訳ない。我は笑っておったのか。左近衛少将殿が領国を追われ、越後に逃れておられるというに。そうか。我は笑っておったか。それは済まぬことをした。御無礼、何卒《なにとぞ》御容赦を」

言った景虎が深々と頭を下げた。

「い、いや……。別に良いのです。笑われておられると申しても、別に某《それがし》のことを笑《わろ》うておられるとは思うてもおらなんだ訳で。まぁ、その……。いや……」

なぜだか解らぬが、義清のほうが戸惑い狼狽《うろた》え、長尾の家臣たちに助けを求めるように目を左右に振ってしまった。政景を筆頭にした家臣たちは、剣呑な眼差しのまま二人のやり取りを眺《なが》めるだけで、言葉を挟もうという素振りすら見せない。結果、頭を下げられた義清だけが、右往左往するという無様《ぶざま》な姿を晒《さら》すことになった。

この男はいったいなんなのだ。

訳がわからない。

これまでの義清の五十三年の人生のなかで、似たような者が見当たらない。それほど、景虎という男は異質であった。

「御頼みいたしまするっ！」

ごっ、という鈍い音が広間に響いた。床板が砕けんばかりに、義清は額を打ち付ける。鋭い痛みが頭を襲うが、いまはそんなことに構ってなどいられなかった。

越後の領主が頭を下げている。ならば、こちらはそれよりも深く頭を下げる以外にこの場を収める術はなかった。いまさらどちらが上であるかなど関係ない。越後の領主だ、北信濃の国人だなどと言っていた己がちっぽけに思える。

みずからの想いを素直に述べるのだ。そのために義清は越後に来たのではなかったのか。

「どうか、長尾家の御力をもって、北信濃より武田晴信を追い払っていただきたい。何卒、何卒御頼み申しまするっ！」

額の痛みを感じる辺りが生温い物で湿っている。そう思った刹那《せつな》の後には、黒く磨き上げられた床板で覆われた視界に、赤黒い血が染み出して来た。義清は額を割ったまま平伏し続ける。

「そこな高梨殿は、長年某と刃を交えてまいり申したっ。他にも井上《いのうえ》、須田《すだ》、島津《しまづ》、栗田《くりた》等の北信濃の国衆たちも景虎殿の助けを求めておると聞いておりまする。もはや国人の因縁などを語っておる時ではござらん。皆、一丸となり景虎殿の元で武田と戦いまする。どうか、御助勢を。どうか、どうか……」

「頭を上げられよ」

義清の言葉を受けてもなお、景虎の声にいっさいの揺らぎはなかった。

血塗《ちまみ》れのまま頭を上げる。鼻の脇を血が流れ、髭を濡らして唇に滲《にじ》む。真一文字に引き結んだ義清の紫色の唇を存分に湿らせた鮮血は、顎髭を伝い滴《しずく》となって落ちてゆく。床の血溜まりをそのままに、義清は上座で微笑む景虎を一心に見据える。

「武田を二度までも押し退けた左近衛少将殿が、そうまでして御頼みになられるとは。武田とはそれほどまでに精強でありまするか」

「強い」

「左近衛少将殿は勝っておられる」

「小さな戦でどれだけ勝とうとも、拠《よ》るべき城を取られてしまえば敗けにござる。武田晴信という男は、そのことを知っておりまする」

口惜《くや》しい……。

二十も下の若僧を、これほど手放しで褒めるなど、義清の矜持が許さなかった。だが、晴信の手腕は認めざるをえない。

「晴信めは戦を止《や》めませぬ」

「止めぬ……」

景虎の眼がわずかに細くなったのを、義清は見逃さない。戦を止めないという言葉に反応したようだった。

「戦場で刃を交えるだけが戦ではござりませぬ。両軍の兵が退いた後も、晴信は決して刃を納めませぬ。小さな戦で二度、某は奴を退け申したが、その後にかならず盛り返され、気付けば足元を揺るがされており申した」

砥石城を包囲する大軍を退け、勝利を喜んだと思ったすぐ後に、城は真田によって奪われてしまった。

「武田晴信は狙《ねろ》うた物はかならず手に入れる。手に入れるまで、刃を納めはいたしませぬ」

「越後をも欲しておると申すか、武田晴信は」

「無論。某の見立てでは、晴信が真に欲しておるのは信濃ではなく、越後かと」

「海か」

「左様」

日ノ本を行き来する船は、北の海の道を行く。北国から運ばれる万物を船に乗せ、北の海の港を経由しながら、多くを越前国《えちぜんのくに》で下ろして琵琶《びわ》湖から都へと運び、残った物資もまた、周防《すおう》から瀬戸内《せとうち》へと回して都への道を辿る。

この海の道は、当然越後も通る。越後の蒲原津《かんばらのつ》は、北からの船の重要な寄港地であった。

港は莫大な富を生む。

「越後を手に入れるまで晴信は止まりませぬ。あの男は我等の敵にあらず。長尾家の敵でありまする」

「そのような詭弁《きべん》を弄しっ」

「義兄上」

景虎の声にはじめて邪気が宿った。剣呑な気配が広間を包み、声を荒らげ義清を叱責しようとしていた政景の口を封じる。狼狽する義兄など見もせずに、景虎は穏やかに義清に語りかける。

「武田晴信。左近衛少将殿が申されるような男であるならば、見過ごしてはおけませぬな」

清廉《せいれん》な若者の微笑みを、義清は見つめ続ける。

「良かろう。北信濃へと兵を出しましょうぞ。もしも晴信という男が、左近衛少将殿の申されるような男であるならば、この景虎が完膚無《かんぷな》きまでに打ち据えて、二度と立ち上がることのできぬようにいたしましょう」

「何卒、何卒」

素直に義清は頭を下げた。

もはや目の前の若者に対する嫉妬も不満も綺麗さっぱり消え去っている。景虎の言葉を素直に受け入れている己に驚きながらも、義清はひれ伏す己を好ましく思っていた。

「武田晴信」

景虎がつぶやく。

その後に続いた跳ねるような笑い声を、義清はひれ伏したまま聞いた。

弐　真田弾正忠幸綱

敵だった。

真田弾正忠幸綱にとって、武田家は憎んでも憎みきれぬ仇敵なのである。

信濃小県の国衆、海野一族に生まれた幸綱は、武田信虎によって所領を奪われた。信虎は諏訪の領主、諏訪頼重や坂木の村上義清と手を組んで、大軍をもって幸綱の一族を小県より追った。

幸綱は妻子とともに、上野へと逃れた。上野、山内《やまのうち》上杉家の重臣、長野業政《ながのなりまさ》のもとに身を寄せ、浪々の身となったのである。

いつかは真田の地を取り戻す。

その一念のみで、上野での苦渋の日々を過ごした。

業政は幸綱やその家族を丁重に遇し、衣食に困ることは無かったのだが、浪々の身であることに変わりはない。長野家への仕官を求めれば、叶えてくれたであろうが、幸綱にはそのつもりはなかった。

山内上杉家や長野家では、今や村上義清の領地となった真田の地を取り返すことはできない。

山内上杉家は、扇谷上杉《おうぎがやつ》、古河公方足利《こがくぼうあしかが》家らとともに、関東で武名を轟かせる北条家との戦いに明け暮れていた。しかも名門三家が揃いながら、北条に押されているという有様。とてもではないが北信濃にまで目をむけるような余裕はなかった。

そんな山内上杉家の被官である長野家に仕官したところで、復領の望みは薄い。日々の食い扶持《ぶち》を恵んでもらうだけの間柄のままで良いのだ。その程度に使っている分には、業政という男は実直で使い勝手が良かった。

駄目な物は駄目。その辺りの見極めが、幸綱は幼い頃から得意であった。己に有益なものと無益なもの。みずからに害を及ぼすものと、利をもたらすものを、冷淡なまでに分別する。その時、情をいっさい差し挟まない。親しい者であろうとなかろうと、益とはいっさい関係ないのだ。

己に利するかどうかを考える時、幸綱は魂が躰から離れているような心地を覚えるのだった。立っている己の一歩後ろから、魂が他人事のようにみずからを眺めている。そうして己と相対している物のことを冷然と益のみで見極めている。

誰かと相対している時だけではなく、なにかの状況を脳裏に思い浮かべている際にも、考えている己とは切り離された無情な己がいて、有益無益のみを見据えているのだ。


己のなかにもう一人の己がいる。

そう思ったことは一度や二度ではない。

「軍師という物を知っておるか」

隣に立つ男が放った言葉が、幸綱の思惟をさえぎった。

鎌倉の頃を思わせる重そうな大鎧の上に深紅の陣羽織を着込んだ男は、四角い顎を硬そうな髭で覆っている。黒々とした毛の海に埋没している分厚い唇が、大きく吊り上がっていた。

「また、考え事をしておったようだな」

巨大な白目に浮かんだ黒目が、幸綱の細い顔を見据える。鋭い眼光から放たれる強烈な圧を浴び、幸綱の喉が縮こまって小さな音を立てた。

幾度相対しても、この男の目の力には慣れないと幸綱は心に思い、口許を緩める。

「なんと申されました」

「軍師を知っておるか」

腹の底から放たれた言葉が、幸綱を軽く揺さぶる。

「外《と》つ国にて将に仕える者にござりましょう。兵を持たず、みずからは将の元にあって、軍略を示す者」

「そうじゃ」

満足そうに四角い顎が上下した。

武田大膳大夫《だいぜんのだいぶ》晴信。

幸綱の主である。

信虎の息子である晴信を、幸綱は己の主に選んだ。

この男なら旧領を取り戻してくれる。己のなかに住まうもうひとりの自分が、そう告げたのである。だから幸綱は仇敵の子に頭を垂れた。その判断は間違っていなかった。いまはそう信じるしかない。

村上義清を上信濃から追った晴信は、幸綱の旧領安堵を約束した。だが、いまだに幸綱の望みは完全に果たされたとはいえない。

義清をはじめとした北信濃の国人たちは、越後の長尾景虎へと助けを求めた。父祖伝来の地を守るために、幸綱が晴信を選んだように、義清たちは景虎を選んだのである。

義清の頼みを聞き入れた景虎は、即座に兵を北信濃に差し向けた。結果、葛尾城の守将であった於曾源八郎《おぞげんぱちろう》が討たれ、義清に城を奪い返されてしまった。越後勢の侵攻に対し、晴信が態勢を整えるために甲府《こうふ》に下がると、義清はこの時とばかりに奪われていた領地を回復。先の敗北を取り戻すかのように見えた。

二月《ふたつき》ほどの支度を終えて、晴信は再度上信濃へと侵攻。小県の和田《わだ》城を攻め落として城主以下皆殺しにすると、そのまま高鳥屋《たかとや》城、内村《うちむら》城、塩田《しおた》城を次々と攻め落とし、葛尾城へと迫った。武田勢の大攻勢に耐えきれず、義清はふたたび城を捨てて越後へと逃亡した。

「長尾景虎とはなんとも腹の立つ男であることよ」

隣に立つ晴信が苦々しげにつぶやいた。

善光寺《ぜんこうじ》平に敷いた陣所である。

山々に囲まれた北信濃の盆地を、千曲川と犀《さい》川が流れ、ふたつの川が合流し、巨大な中洲となっている。この中洲を中心とした盆地を、北信濃の者たちは川中島《かわなかじま》と呼んだ。

この盆地を北東へと抜けると越後との国境となり、南西へと向かうと信濃の中央部へとむかう。いわばこの地は越後勢を食い止める信濃の要衝であった。晴信はこの地に陣を布き、義清とともに侵攻してきた長尾景虎と睨み合っている。

「どう思う幸綱」

問いを投げる主の眼は、はるかかなたに揺らめく敵の旗の群れを見つめていた。布《ふ》施《せ》と八幡《やわた》の地で両軍は激突し、いずれも武田勢は散々に追い払われている。晴信自身が采配を振るったわけではなく、小競り合い程度の戦であったのだが敗けは敗けである。勝ちに乗じる長尾勢は兵を南に進め荒砥《あらと》城が自落。筑摩へと入り、会田虚空蔵山《あいだこくぞうさん》城も落とされてしまった。

「戦の強さは衆目の知る所であり、毘沙門天《びしゃもんてん》の生まれ変わりであると、景虎みずから申しておるという噂も聞きまする」

そこまで言うと、晴信が鼻で笑った。幸綱は顔の肉を緩めることなく、淡々と続ける。

「その強さを頼り、関東管領上杉憲政も越後へ逃げ延びたほど。憲政の申し出を受けて、みずから関東へ出兵したとのこと」

「北条とは戦わずに戻ったというではないか。戦巧者じゃ、毘沙門天の生まれ変わりじゃと騒いでおるが、そういうことを触れ回っておること自体が胡散臭《うさんくさ》いわい。そうは思わぬか」

「それを申されるならば、御館様も御同様ではありませぬか」

主への忖度《そんたく》など、幸綱は考えたこともない。本意を述べ、それが主にとって耳が痛いことであったとしても、受け止め方はそれぞれである。腹を立て、機嫌を悪くするのであればそれまでの男ではないか。幸綱が仕えるほどの器量ではない。

「そういえば儂も負け無しの武田の虎と呼ばれておった頃もあったわい。がははは」

主は豪快に口を広げて笑った。

「そうかそうか。此度《こたび》の戦は胡散臭き者同士の戦いというわけか」

「左様」

ぶっきらぼうに答えたが、内心では大名などというものは胡散臭くあらねばならぬと幸綱は思っている。

民からどう思われているのか。

毒にも薬にもならぬなどというのは論外である。好まれるのか憎まれるのか、どちらかひとつ。はっきりとした色が付いていなければ、領民は迷い、家臣たちは真の忠義を貫くことはできない。そういう意味において、晴信と景虎はわかりやすい。

我欲のため、武田家の繁栄のために、ひたすらに領国を拡大させる晴信と、国を奪われた関東管領や国人の窮状を打開せんと、義憤にかられて弓矢を取る景虎。事の起こりは真逆であるが、いずれも戦に強く、意思が固い。

「同類であると思うと、よりいっそう憎らしゅう思えてくるわ」

右の拳を左の掌に打ちつけながら、晴信が毒づく。

この男の父もまた、戦に明け暮れた大名であった。家臣領民を顧みず、領国拡大に躍起になった男である。そんな父は家臣たちに憎まれ、国を追われた。その旗頭になったのが晴信である。

家臣領民の窮状を救ったはずの晴信もまた、家督を相続してからは戦に明け暮れていた。諏訪家を滅ぼし、伊那を手に入れ、信濃守護小笠原家を討って、上信濃へと手をかけている。

やっていることは父となんら変わりがない。

なのに。

家臣も領民も晴信を好いている。

領土を拡大させる速さが父とは段違いであるからか。村上義清に二度負かされるまで勝ち続けていた戦の強さからなのか。領民をおろそかにせぬ政《まつりごと》のおかげなのか。

違う。

幸綱は確信している。

「のぉ、幸綱よ」

まるで昔からの友のように、晴信は気さくに声を投げて来る。

幸綱は武田家のなかでは、まだまだ新参者だ。真田の地を奪われていなければ、もしかしたら義清たちとともに越後に走って景虎に加勢を求めていたかもしれぬのである。

小さな領地を守るためならば、国人は誰にでも頭を下げる。己より強い者、権勢を誇る者、みずからの領地に安寧《あんねい》をもたらしてくれる者には、恥も外聞も捨てて軽やかに頭を下げるものだ。

なにかが少しでもずれていれば、幸綱と晴信は敵同士だったとしてもおかしくはない。当然、家中にはいまだ幸綱を心から信頼している者は少ない。自分たちが躍起になって攻め、散々に討ち負かされてしまった砥石城を、調略のみで奪ってしまったことも、彼等にとっては面白くないのだ。

武田家は甲斐源氏の名流である。調略などという小癪な手を使って城を手に入れるなど卑怯極まりない行いであると本気で思っている者も多い。

だからこそ、幸綱へとむけられる眼は厳しいものだった。

しかし晴信は、そんな家中の葛藤などどこ吹く風である。己が陣中に幸綱を呼び、小姓も連れず二人きりで語らい合うことになんの躊躇《ためら》いも無い。甲斐国守護を代々務める家の当主である。小県の小国人あがりの幸綱などが、気安く相対することなどできる相手ではないのだ。臣従したからといって、このように遇されることなど考えられない。

だからこそ。

こんな晴信であるからこそ、家臣領民は付いて来るのだ。

幸綱は情など信じない。己に利するか否かのみが、余人との間合いを決める唯一の材料である。好悪《こうお》で人を断じるなど、お人よしの愚かな行い以外の何物でもない。

だが、晴信のことは好んでいる。

失地を回復するための権威としての武田家と、戦《いくさ》強者の晴信を利用しているのだ。そんなことは重々承知しているのだが、心のどこかでそんな想いに首を振る己がいる。

もし、晴信よりも便利な駒《こま》が現れたらどうするのか。

心のなかで首を振る己は、幸綱にそう問いかけてくる。

もちろん、より良き駒に乗り換えるつもりだ。心の裡《うち》でそう答える。

胸の奥がちくりと痛む。

「済まぬのぉ」

晴信の言葉が聞こえてきて、幸綱は不覚にも細い眉を小さく揺らしてしまった。動揺を悟られてはいまいかと、横目で主を睨んでみたが、晴信は眼前の敵の旗を見つめたまま幸綱の微細な心の動きには勘付いていないようだった。

咳払いをひとつして、短く問う。

「なんのことにござりましょうや」

「胡散臭き毘沙門天に、川中島を追い出されてしもうたわい。このままでは御主との約定を果たすのをまたしばらく待ってもらわねばならん」

「そのようなことを」

真摯《しんし》に考えてくれていたのかと思い、幸綱は素直に驚く。旧領の回復というのは幸綱の悲願である。しかし、それとは別に晴信からは武田家の臣として禄を与えてもらっているのだ。生きることに困りはしない。上野で浪々の身であった頃とは違うのだ。禄に見合うだけの働きをせねばとは思えども、晴信との約定が果たされぬことを恨んだことは一度もない。

「真田殿もご一緒でありましたか」

突然、背後から声が聞こえ、幸綱は主とともに振り返った。

老齢の男が、杖《つえ》を突きながら近づいてくる。右足を引き摺《ず》りながら歩く男の左目が塞がっている。幼い頃の疱瘡《ほうそう》の所為であるという。

「丁度良いところに参った菅助《かんすけ》」

嬉しそうに主が男の名を呼んだ。

山本《やまもと》菅助という足軽大将である。三河《みかわ》あたりの生まれであるらしいのだが、詳しいことは幸綱も知らない。若い頃から諸国を流浪し、武芸百般、軍略の神髄を極めたという大層な肩書を持った男である。思うようにならぬ右足と、右目のみでどうやって武芸百般を修めたというのかと、幸綱でなくとも思うはず。しかし、家中の誰もそのあたりのところを追及しようとはしない。

「さぁ、こっちに来い」

主が手招きをして隣に並ばせる。主を挟むようにして幸綱と菅助が立つ。

「どうした菅助。なにかあったか」

これまでよりもいっそう破顔して、晴信が問う。家中の誰もが菅助の矛盾を追及しようとしないのは、主の所為だった。

晴信は菅助をいたく気に入っている。

三河あたりから流れてきた菅助は、一度も主君を持ったことがなかったらしい。家中の者から聞いた噂では、駿河の今川義元《いまがわよしもと》は、菅助の顔の醜さを嫌い、仕官を許さなかったという。
とにかく菅助は、異形《いぎよう》の浪人として甲斐に流れ着いた。どこの馬の骨ともわからぬ男を、晴信は足軽大将として雇い入れた。はじめは家臣たちも驚いていたようであるが、諏訪家に対する調略などでいくつかの功を挙げ、家中の不信を払拭《ふつしよく》したという話である。
だが幸綱は、この男の才というものを一度も目《ま》の当たりにしていない。本陣の旗頭である風林火山の旗を晴信に提案したのが菅助であるということを言う者もいる。
疾《はやきこと》如《かぜの》風《ごとく》
徐《しずかなること》如《はやしの》林《ごとく》
侵掠《しんりやくすること》如《ひの》火《ごとく》
不動《うごかざること》如《やまの》山《ごとし》
孫子《そんし》の軍略書の一節である。もちろん幸綱も幾度か読んではいるが、諳《そら》んじるほどに執着したことはない。

戦は人の動きである。心の揺らぎである。こういう時はこうする、そうなる時はこう、などという紋切型で上手《うま》くゆくならば、誰もが常勝の将になれるはずではないか。孫子を読めば無敗でいられるというならば、幸綱もいくらでも読む。うなずけることは多いし、納得できる話もあるが、しょせん書物は書物以上でも以下でもない。

もし菅助が多くの軍略書を頭に叩《たた》き込んだだけの男であるならば、幸綱は信頼に足る者とは思わない。

風林火山。たしかに良い言葉である。兵を動かすならば、こう動かすという理想であろう。だが、果たして旗に掲げるほど大層な文句であろうかと幸綱は思う。

「そろそろ」

主のむこうで菅助が陰気な声を吐いた。先刻、主が見据えていた敵の旗の群れを、菅助の右目が殺気をみなぎらせてにらみつけている。

「動きましょう」

「毘沙門天が動くか」

「長尾景虎が動きまする」

わかりきったことを菅助が言い直す。晴信はまったく動じずに、硬そうな髭に親指を突き立てて顎を掻く。

「向かってくるか」

「これまでの戦の流れを見ておると、恐らくそれはありますまい」

予測のように言葉を取り繕ってはいるが、声には確信が滲んでいる。

「ならばどうする。我等を無視してなお信濃深くに兵を進めるか」

「後背を敵に晒したまま敵陣に斬り込むような愚策はいたしますまい」

今度は自信を隠さぬ言い振りであった。

幸綱の胸の裡に菅助への嫌悪の情が涌く。悪しき心を舌に乗せ、陰鬱な足軽大将に浴びせ掛ける。

「敵は我等の城を次々と落とし、上信濃の地歩を固めておりまする。彼《か》の者の下には村上義清、高梨政頼ら信濃の国人衆が付いておるのです。我等と相対しもせず、国を切り取りもせず、兵を動かすとはいったい……」

「弾正忠殿はすでにお分かりのはず。分かっておられるくせに、そうして意見なさるのは、某を悪しく思われておられるからでありましょう。戦場に私怨は禁物。情に駆られては、せっかくの抽《ぬき》んでた眼も曇りましょうぞ」

敵の旗から目を逸《そ》らさずに、菅助がつぶやいた。

幸綱は抗弁を忘れて固まった。幸綱が情に駆られていると菅助は言った。たしかに幸綱は、菅助のすべてを見透かしたような物言いを嫌った。そんな心根を見透かされたことに、言い様のない恥ずかしさを覚える。

「わ、儂がいったいいつ……」

「どう思われまするか弾正忠殿。長尾景虎はどのように兵を動かしまするか」

こちらの言い訳など聞きたくもないとばかりに、菅助が話を進める。隻眼の足軽大将を中央に据えた幸綱の視界の端で、主が楽しそうに笑っていた。

「問われておるぞ幸綱」

笑みに歪《ゆが》んだ晴信の口が、悪戯《いたずら》っぽい声を吐く。幸綱は不服を強張った頬に張り付かせたまま、菅助へと言葉を投げた。

「ここまで優勢でありながら、敵は退くと申されるか」

「まるで、そのようなことはないと言わんばかりの物言いでございまするな」

「そうではありませぬか。まだまだ敵の勢いは衰えてはおりませぬ。二度《ふたたび》の勝ちを収め、我等を上信濃から追い払うまで止《い》まらぬと……」

口籠《くちごも》った幸綱を、菅助の虚《うつ》ろな瞳が射貫く。

「どうなされた」

「いや」

語りながら菅助が言わんとしていることが読めた。

「幸綱殿ははじめから見えておられたはず。が、某に対する悪しき想いと同じく、みずからの想いによって敵を霞《かすみ》で覆ってしまっておられたのです」

「みずからの想いじゃと」

「左様」

「そのようなことはない。儂は想いをもって物事を断じることをなによりも嫌《きろ》うておる」

情を介せば物事を見誤ることは、菅助などに言われずともわかっている。

「失地に復する。その想いが、敵を大きく見せておるのです」

慇懃《いんぎん》な物言いの裏にある不敵な響きが、幸綱の心をいっそう苛立たせる。いったいこの男はなにが言いたいのか。主の前で幸綱を貶《おとし》めてやろうというのか。そんなことをしてなんになる。上信濃に地縁の無い菅助と、幸綱の利害は一致しない。

「見えておられるから勿体無《もったいな》いと思うたまでのこと。他意はござらん」

見透かしたように菅助が言う。

「もう解っておられるのでござりましょう。敵に想いを抱かず、端然と見極めた末に何が御見えになられましたか弾正忠殿」

下手《へた》な抗弁は愚策であると思い定めて、幸綱は釈然とせぬ苛立ちを腹の奥に押し込めつつ、菅助の問いに答える。

「退く」

言うと同時に、陰気な足軽大将が、首がもげるのではないかというほど大きくうなずいた。それから主などいないように、幸綱のほうへと頭をむけてぎらついた視線を投げて来る。

「何故にござりましょう」

これまでと声が違う。いささか嬉しそうに跳ねている。心の動きが読めぬ菅助に戸惑いながら、幸綱は答える。

「此度の戦は村上義清らの懇請を受けてのもの。すでに長尾景虎は約定を果たしておる。はじめから我等と雌雄《しゆう》を決するつもりはなかった。そういうことでござりましょう」

「ならば、我等のやるべきことは」

「越後勢が退いた後、上信濃の地にふたたび根を生やすこと」

「うむっ！」

突然、晴信が大声で割り込んできた。菅助は暗い眼差しを敵の旗へと移し、笑い声とともに髭を揺らす主を幸綱は見た。

「やはり儂が見込んだ者たちよ」

「御館様はいったい……」

「軍師のことを語ったのを覚えておるか」

幸綱の言葉をさえぎり晴信が言った。覚えているもなにも、先刻の話である。答えずにいると、主は勢い良く語りはじめた。

「我等が攻めあぐね大敗を喫した砥石城を一兵も損なわず手に入れた御主を、菅助がいたく気に入ってのぉ。軍略の才があると申してな。儂はのぉ幸綱。軍配者のような者よりも軍師こそが戦には必要であると考えておるのよ」

軍配者とは出陣の日取りや、進軍するのに吉となる方角を選ぶなど、占いじみた作法で戦の趨勢《すうせい》を左右する者たちである。死地へとむかう戦において、神仏は常より近いところにある。神仏の加護を得ようという心持ちとなるのは自然な流れだと幸綱は思う。

その辺りのところを巧みに利用しているのが、長尾景虎であった。己を毘沙門天の生まれ変わりと嘯《うそぶ》くことで、神仏に頼ろうとする家臣たちの弱い心を、みずからへの信仰にとすり替えているのだ。

「運不運で戦は勝てぬ。大事なのは目に見える物よ。人、得物、米、金。それらが敵よりも多ければ、勝ちはよりこちらに近付く。物の流れ、人の流れ、それらを冷徹に見据え、軍略によって勝ちを呼び寄せる。そのような者を儂は欲しておる」

幸綱の肩がいきなり重くなった。大きな晴信の手が、鎧の上から幸綱の肩をつかんでいる。

「菅助とともに儂の軍師となれ」

「それでは兵は」

「明《みん》国の軍師のように常に儂の元におれということではない。御主たちには兵を率いて戦ってもらう。ただ軍議の席では、御主たちが率先して軍略を述べよ。御主たちに求めるのはそれだけじゃ」

「某は山本殿のように軍略を修めてはおりませぬ」

菅助が割って入る。

「書物など、一度読んでおればそれで良い。一言半句覚えておる者であろうと、見えぬ者には見えぬ」

「先刻から山本殿は見える見えるとしきりに申されておるが、それはいったい」

「何度も申しておるが、弾正忠殿にはすでに見えておられる。まだそれに気付いておられぬだけ。じきにわかりまする」

「そういうことじゃ幸綱」

主がはげしく肩を揺らす。その乱暴さが煩《わずら》わしかったが、止めるほどのことでもないと思い、好きにさせる。

「菅助が申すのじゃ。敵は退く」

「しかしこれで終わるとは思えませぬ」

肩を揺すられながら素直な想いを口にすると、主のむこうで菅助が嬉しそうにうなずいた。

「遠慮はいらん。思うておることを述べよ」

肩から手を放し、晴信が真剣な顔つきになって幸綱をにらむ。

「御館様が信濃を諦めぬ限り、長尾景虎は幾度でも兵を差し向けてまいりましょう。御館様が信濃を手に入れた後のことも考えますれば」

「信濃の次は越後が欲しいと思うておることは、まだ誰にも言うてはおらぬぞ」

言わずとも、この主ならば越後を欲するのは目に見えているではないか。

見えている……。

菅助が笑う。

幸綱は晴信を見据えて、脳裏に見えている行く末を述べる。

「信濃、そして越後。御館様の行く手には長尾景虎がおりまする」

「これは始まりということか」

主の言葉に幸綱がうなずくのと、菅助が首を上下させるのは同時であった。

「負け知らずの甲斐の虎と、越後の毘沙門天。いずれが勝つか楽しみだのう」

心の底から快活に言ってのけた主を見ていると、失地回復などという望みがちっぽけなものに思えてくる。

この男ならば……。

生まれて一度も抱いたことのない想いが脳裏で形になろうとするのを、幸綱は必死に押し留めた。

菅助が予見したとおり、数日後、越後勢は国許へと戻った。

村上義清の求めに応じて信濃へと兵を進めた景虎と晴信がはじめての邂逅を果たしてから二年の年月が流れた。

幸綱は二年前と同じように敵の旗の群れを眺めている。

晴信は刈羽郡《かりわ》を領する長尾家の家臣、北条高広《きたじょうたかひろ》に調略の手を伸ばした。これに乗った北条は、長尾家と袂《たもと》を分かつことを決意する。景虎はこれに速やかに対応。すぐさま兵を挙げ北条高広を屈服させた。

この一件に端を発し、景虎は上信濃へと出陣した。善光寺の東方に位置する横山城《よこやま》に陣を布いた。善光寺の堂主であり、武田に与《くみ》する栗田《くりた》家が籠る旭山《あさひやま》城を攻めるための布陣である。

晴信は後詰《ごづめ》として犀川の対岸に位置する大塚《おおつか》に陣を布いた。

幸綱はいま、この大塚の陣にいる。川向う、一里半ほど離れた陣所に白地に毘《ひ》の字が書かれた旗が揺れていた。毘沙門天の生まれ変わりを自称する景虎の旗である。

「解《げ》せぬ」

夕刻の炊煙《すいえん》が方々から上がる敵の陣をにらみながら、幸綱はつぶやいた。組んだ腕に指が食い込んでいる。肉を刺す痛みを感じながら、それでも止めずに、怒りに任せて指を腕に突き立て続けた。

「このようなところでいきり立っておっても、なにも変わらぬわい」

隣で菅助が気安く言った。年嵩《としかさ》の足軽大将は幸綱とは相反するように肩の力が抜けきっている。見ている先は同じく、敵の旗であるのだが、むけている視線の色がまったく異なっていた。いまにも殺さんとするかのように怒りに満ち満ちた目でにらむ幸綱とは違い、笑みに歪んだ右目を夕闇に浮かぶ敵陣にむけている。

「しかし、なぜ動かぬのだ」

「それは景虎に聞いてみねばわかるまいて」

こうして睨み合ってすでに五ヵ月。七月であった暦《こよみ》は閏《うるう》十月になっている。この地に陣を張った時は盛夏の厳しい陽光に辟易《へきえき》していたのだが、いまや夕刻にもなると松《たい》明《まつ》の炎の元でなければ立ち話もできぬほどの寒さであった。

七月に一度だけ、両軍は刃を交えた。しかし、小競り合い程度のものですぐに兵を収めた。それ以来、睨み合いが続いている。

「そんなに腹立たしいのなら、真田山に戻ればよかろう」

悪戯な口調で菅助が言ってから、からからと笑った。軍師になれと晴信に言われてから二年あまり。気さくに語り合えるほどには親しくなった。こうして共に戦場にある時は、軍略を練るために連れだっていることも多いから、自然と仲は深くなる。

「陣を放棄して戻れるわけがあるまい」

わかりきったことをと言わんばかりに、呆《あき》れた眼で菅助を見下ろす。決して大きい方ではない幸綱に輪をかけて、菅助は小さい。そのうえ驚くほどの猫背であるから、いっそう小さく見える。

真田山とは幸綱の居城がある山のことだ。

二年前の戦の後、幸綱は晴信の許しを得て旧領のほとんどを取り戻した。いまは真田領とともに、砥石城の守将も兼ねている。いずれも上信濃に位置しており、長尾景虎との戦いの最前線に幸綱は常に立っている形であった。

「菅助殿はどう思われる」

「どうとは」

わかりやすいほどに首を傾《かし》げて、隻眼の足軽大将が問う。その姿が滑稽《こっけい》で、幸綱の口許がわずかにほころぶ。こういう茶目っ気も、二年という歳月の間に見えてきたものだった。

「景虎の真意は何処にあると思われる」

「そは、対陣をはじめた頃から御館様にも幾度となく申しておろう」

「決戦」

「左様」

此度の景虎の出陣は、晴信との雌雄を決するためのものであると、菅助は軍議の度に言っている。

「北条との一件は早々に決着を見ておるのじゃ。景虎が信濃に兵を進める理由がない」

「旭山城を落とし、善光寺から栗田家を排除せんとしておるのではないのか」

「それは幾度も話し合《お》うてきたではないか。栗田家を滅ぼすつもりなら、すでにやっておるわい。一気に旭山城を攻め落として討ち滅ぼしてしまえばそれで終わりぞ。徒《いたずら》に時を過ごして後詰の到来を待ったのはなんのためじゃ」

「御館様を待っておったと萱助殿は申されるが、ならばこうも長い間動かぬというのは得心が行かぬ」

そもそもの幸綱の苛立ちはそこにあるのだ。

萱助の言葉を信じるならば、景虎は晴信と刃を交えるために信濃に兵を進めたのであろう。ならば、五ヵ月もの間、動かないというのはどういうことなのか。

「陣を出て我等を攻めればどうなる」

「動いたところを我等が先手を取って攻めるであろうな」

「そこに城から打って出てきた栗田勢が加勢をする」

「挟み撃ちか」

「そうじゃ」

萱助が笑みのままうなずく。

「ならばこちらから攻めれば良いではないかっ」

駄々《だだ》っ子《こ》のように幸綱は菅助を責める。ひと回りほど年嵩の菅助のことを、この二年の間に兄というより、父同然に思うほどになっていた。こうして二人でいる時は、幸綱はついつい菅助に甘えたところを見せてしまう。そしてそういう己が心地よくもあった。

それは間違いなく情である。己が利や益を越えたところで、菅助と接していることを、幸綱は重々承知している。解ったうえで、あえて心を開いているのだ。

「勝つべからざるは守にして、勝つべきは攻なり。守らば即ち余りありて、攻むれば即ち足らず」

孫子の一節を菅助が口にした。

この二年の間に、幸綱も少しは孫子を学んだ。守りを固めていれば兵を余計に失うことはないが、攻めようとすればたちまち兵が足りなくなる。つまりは、守る態勢を固めて敵に攻めさせることができれば、決戦になっても勝ちを得やすいというほどの文言《もんごん》であった。

「敵は我等が動くのを待っておると菅助殿が申す故、御館様も景虎を攻めぬではないか。待っておるという根拠はなんじゃ。孫子が言うておるからというのでは、得心が

を得て武田家の軍師などと呼ばれている男が、勘働きという曖昧《あいまい》な物に頼っているの
などなにひとつなく、心の赴くままに事を決する愚かな行為ではないか。晴信の信頼
勘に従うなどということは、情に流されることとなんら変わりがない。明確な事実
信じられぬひと言を吐いて胸を張る菅助に、幸綱は言葉を失ってしまう。
「そうじゃ」
「菅助殿はみずからの勘働きで、武田家の命運を決めておると申されるのか」
言った菅助が拳で己の胸を数度打った。
をじっと待っておるとな」
「勘じゃ。儂の勘が言うておるのよ。あの陣は危うい。景虎はこちらが食らい付くの
駄々っ子のような幸綱に、菅助は悪童の強弁同然に吐き捨てた。
「根拠などないわい」
が、いつの間にか幸綱にはかけがえのない物となっていた。
けは、幸綱はありのままの己でいられる。二人で軍略、謀略を語らい合っている時
策謀、幸綱が好むそういう物を共有できる存在にはじめて出会えた。菅助といる時だ
無礼を承知でつい砕けた口調になってしまうのも、菅助の前でだけである。奸智《かんち》、
行かぬ」

は、果たして正しいことなのだろうか。

この男に武田家を任せるのは危うい……。

想いが幸綱を突き動かす。

「なんじゃ、その手は」

菅助の声で我に返る。気付かぬうちに、腰の太刀に手が伸びていた。

「儂を斬るつもりか」

「い、いや」

これみよがしに菅助が溜息を吐《つ》いた。

「まだ御主には見えておらぬようだな」

「菅助殿はそればかり申されるが……」

「あれよ」

敵陣を指差し、菅助が幸綱の言葉をさえぎった。

「あれが見えぬか幸綱」

いつの頃からか菅助は弾正忠殿と呼ばなくなった。

「敵から立ち昇っておる殺気を。我等の到来を心待ちにしておる景虎の気配を。奴は決して城に籠っておるわけではない。本陣の奥深くからじっとこちらを見つめ、獲物の到来を待っておる。奴は毘沙門天などではない。御館様が虎ならば、奴は龍よ」

「龍虎……」

川中島で睨み合う虎と龍の姿が、幸綱の脳裏に宿る。

「滝壺の奥底から虎を見据え、食い付いてくるのを龍はじっと待っておる。狙いは」

言った菅助が体ごと振り返った。そのはるか後方には、晴信の座す本陣がある。

「甲斐の虎。我等がどれだけ群れようと、龍の目には御館様しか映っておらぬ」

まるで見て来たかのように菅助は景虎の心の裡を語って見せた。それが真《まこと》なのか、幸綱には確かめる術はない。

「長尾景虎こそが、御館様の宿敵。北条や今川など越後の龍に比べれば可愛いものよ」

「故に菅助殿は両国との盟約を」

昨年、菅助の奔走で武田、北条、今川の三国の間で互いに婚姻を結んでの盟約が成った。北条は関東の覇権を握るために、今川は西へとむかうために。

そして武田は。

上信濃、そして越後を取るために。

三者は不戦の誓いを立てた。

「武田家は景虎との戦に勝ち、越後を手中に収める。そのためならば、誰と手を結んでも構わぬ」

菅助の言葉に揺らぎはない。

「それもすべて、菅助殿の勘働きであると申されるのか」

「見縊《みくび》るな」

口を尖らせ菅助が幸綱をにらむ。肩は下がったまま。どれだけ熱をもって語ろうと、菅助の体は力が抜けている。

「御館様が欲する物を儂は形にするだけよ。御館様が越後を欲しておられるからこそ、儂は長尾景虎を宿敵と定めたのじゃ。なにもかもが勘働きで決められるわけがなかろう。国の行く末を定める時は、思い悩み、道を探る。そこに勘働きの付け入る余地などない。が、戦は別ぞ」

「戦は別……」

呆《ほう》けたように同じ言葉を繰り返してしまったことに恥ずかしさを覚えながらも、ふたたび敵へと体をむけた菅助を見る。

利得のためならいっさいの情など無用だと信じていた幸綱は、この小さな男と出会ってからというもの心を乱されっぱなしであった。菅助はわざとやっているのではないかと思うほどに、常に幸綱の心を揺さ振って来る。こちらの意図を越えるようなことを平然と言って、平静でいられぬように仕向けられる。思うようにやられてなるものかと躍起になればなるほど、菅助の術中に嵌《はま》っているように思えてくるのだが、抗う術がないからやられるばかり。ついには利得のことなど考えられぬほど、心を昂《たか》ぶらせてしまっている己に気付いて愕然としてしまうのだった。

「戦はそれ自体が生き物ぞ。生きておるということは絶えず動いておるということじゃ。どれだけ理屈をこねようと、敵に出遅れてしもうたらその理屈自体が無用の物となってしまう。無用になるくらいなら良いが、理屈に拘泥《こうでい》すれば余計な人死にを出すこともある。刻一刻と動きを変える戦という獣に相対するには、こちらも獣になるしかあるまいて」

言って菅助は悪戯をした子供のように笑った。

「人という生き物は獣から一番遠い。頭であれこれ思う故に、獲物を仕留めるにも余計な理屈を捏《こ》ねねばならん」

「だからこそ、人は獣よりも偉い」

「そうかの。真に人は獣よりも偉いのか」

いったいなんの話をしているのか。

隣に立つ男の繰り言に、少しだけ辟易していた。

目の前の敵を攻めるかどうか。

いま二人が話しているのは、その一事のみである。今度の戦の軍略についてではないか。人と獣の優劣など、幸綱にはまったく関心がない。

横山は藍色の空に溶けて闇とひとつになろうとしていた。夜に飲み込まれるのを拒むように、火の明かりが敵陣の方々で輝いている。火は人のみが用いる物だ。獣は火を見れば恐れるが、人は火の力を借りて日々の暮らしを送っている。

「人は物を使いまする。物を使って火や水を用いまする。故にこうして城を築き、刃を得て、獣を山に追い、平地をみずからの住処《すみか》とした」

「故に人が獣に勝っておると御主は申すのだな」

「先刻からいったいなんの話を」

「幸綱よ。理屈で頭がいっぱいになっておる御主には、敵陣から立ち昇っておる景虎の殺気が見えぬではないか」

良い加減、うんざりしてきた。

「見えるか見えぬかなど某にはどうでも良いのです。二年前、御館様に引き合わされた時のことを覚えておられまするか」

無言のまま菅助はうなずきで応えた。激しい心の動揺を、幸綱はそのまま言葉にしてぶつける。

「あの時、菅助殿は申された。我等と睨み合っている越後勢の取るべき道が某には見えておると」

「たしかに言った」

菅助がうなずきと同時に、杖で地を突いた。幸綱は構わず続ける。

「見えると申されたが、正直なところ某にはなにも見えておらなんだ。そして今も、横山におるはずの景虎のなにも、某には見えておりませぬ。某には菅助殿の見ておられるものはなにひとつ見えませぬ。見えぬのじゃ。そんな儂を同列に置かれるのは、止めてもらいたい。御館様に軍師になれと命じられた故、今までやってまいったが、勘働きにて戦を決するような菅助殿のやり様には付いてゆけませぬ」

情にまかせて長々と話すようなことは、これまでの四十三年の生涯のなかで、はじめてのことだった。言葉とともに一気に息を吐き出したせいで、はげしく肩が上下する。鼻息を荒らげ己を見下ろす幸綱を、菅助は口許をわずかに吊り上げたまま見据えていた。

「言いたいことはそれだけか」

平然と問う菅助の右目に動揺の色はない。

「はい」

想いの丈はすべて吐き出した。

「大分、増しになってきたではないか」

嬉しそうに菅助がつぶやいた。

「増し……。とは、いったい」

菅助がふたたび杖で地を打った。

「情こそが人の本質じゃ。怒り、悲しみ、喜び、恐れる故に人は人である。どれだけ理や利や益を重んじようと、情はそれらいっさいを軽々と飛び越える。御主は利に聡い。故にどこかで情という人の本質を見ぬようにしてきた。そうではないか」

図星である。

情に溺れて理を見失って道を踏み誤る。そういう生き方だけは決してしたくないと、幼いころから思ってきた。情でなにかを決める者は愚かであると信じてきた。

「では御主は何故、我等が攻めあぐねた砥石城を、あれほど容易に落とすことができたのじゃ」

近隣の村上方に与していた国衆たちを丹念に口説き落とした。上信濃の国人でしかない義清がどれだけ反抗しようとも、甲斐守護であり信濃の過半を手中に収めた晴信にはいずれ敗れると、利で諭《さと》しただけだ。幸綱が語る利が、彼等を口説き落とし、城は一日で落ちたのである。

「御主が真田荘の生まれであり、海野一族に連なる者であるということが、村上を見限り我等に与した者たちにとってなんの因果にもならなかったと思うか」

「それは……」

「利は情とともにあってこそ血肉が通い、はじめて人に通じるものだ。利に聡いだけでは役に立たぬ」

「しかし利によって人は動きまする。旧領を復したいという某の欲が、信濃を手中に収めんとする御館様の利に通じたが故に、某はここにおりまする」

「何故、御主は御館様を選んだのじゃ。村上や高梨のように、何故長尾を頼らなんだ。信濃を侵略せんとしておるのは武田ぞ。旧領を復したいという欲を持つ者は、皆長尾の元にあるではないか」

小柄な足軽大将の杖が、幸綱の鎧を突く。その奥には肉付きの悪い胸がある。

「御主はみずからの一族を故地より追った武田信虎の子を選んだのじゃ。利を重んじた故のことであると御主は申すであろうが、儂に言わせればそれは違う」

杖の先がわずかに離れ、もう一度強く鎧を打つ。

「武田晴信こそが、御主が仕えるべき主であると御主自身が思うたからじゃ。御主には見えたのよ。誰が信濃を治めるに相応しき者か。誰が御主に故地を与え得るのか。どうじゃ、その情の行く末に待っておった結末は。御主はいま何処におる。御館様に与えられた知行は何処じゃ」

幸綱が欲した旧領である。

「何度でも言うぞ幸綱。御主には見えておるのだ。誰よりも利に聡いということは、誰よりも頭が回るということ。誰よりも心が機敏であるということじゃ。見えておるものを見ぬようにしておるのは御主自身ぞ。みずからが獣であることを認めよ幸綱。さすれば、儂に見えておる物など、御主には容易《たやす》く見えるわい」

胸を突いていた杖の先がゆるりと虚空を走って、闇に浮かぶ松明の群れを指した。

炎のなかに、毘の旗が揺れている。

「長尾景虎……。奴の殺気が見えぬか」

目を凝《こ》らす。

紅《あか》き炎の揺らぎが、闇夜へと駆け登る龍のように思えた刹那、幸綱ははげしく頭を振った。

惑わされてはならぬと心に念じる。

「見えませぬ」

小さな笑いがうつむいた菅助の口許から漏れ聞こえた。

「御主という男は、どこまでも頑《かたく》なじゃのぉ」

その声は楽しそうだった。

「とにかく、儂が動かぬと言えば、御館様は動かぬ。これほどの長陣じゃ。敵も疲れておろう。ここらで和議を結ばねばな」

「戦は終わりまするか」

「景虎の誘いには乗らん」

杖をふたたび地に突いて、菅助がからからと笑った。

二度目の邂逅となった五ヵ月ものにらみ合いは、駿河の今川義元の仲介によって和議という結末を見た。

真田幸綱は獣になれぬまま、真田山へと戻った。

そんな己に失望も後悔もしていない。

菅助の境地だけが軍略の行く末だとは思っていなかった。

己の信じる道は、利によって切り開かれる。

幸綱は誰よりも利を信じる。その意味では誰よりも獣からかけ離れた、人という名の愚直《ぐちょく》な生き物であった。

参　直江実綱

なんという主君であることか……。

直江与兵衛尉実綱《なおえよひょうえのじょうさねつな》は心に毒づき、ひとり苦笑いを浮かべる。

主の住まう春日山城から報せが来た時、実綱は自邸にてそろそろ床に就こうと思っていたところであった。血相を変えて城から駆けてきた若武者が、泣きそうな顔をして実綱に縋《すが》ろうとするのを穏やかになだめてから聞きだしたことは、耳を疑うような事実であった。

主が出奔《しゅっぽん》したという。

越後一国を投げ出してだ。

府内にいる重臣たちにも使者が向かっているという。支度を整えてすぐに駆けつけると若武者に言伝してから、実綱はいまなお登城のための衣《ころも》に袖《そで》を通せずにいる。

自室にひとり佇《たたず》み、揺れる灯火《ともしび》を眺めていた。

髪の間に指を突き入れて頭を掻く。ぞりぞりという鈍い音が頭の骨を伝って耳の奥で聞こえる。その心地良い響きを聞きながら、主のことを考えている。

若武者の言葉を信じれば、主は遠国で静かに暮らすと言って城を飛び出したらしい。従者も連れず満足な身支度すらせぬままの出奔だということだった。

子供である。

阿呆である。

越後一国の主たる者が、どのような不満があろうと、国を捨てて出奔して良い訳がない。

出奔の理由の見当は付いている。

それを思うと、腹の奥で腸《はらわた》が締め付けられるように痛む。登城すると若武者に告げておきながら、実綱が立ち上がれずにいるのは、城で待っている面倒事の所為だった。

主が国を捨てるほどの面倒事である。そしてそれは、家臣達のなかでも実綱が一番身近で目の当たりにしているものだった。主、長尾景虎が兄の晴景《はるかげ》に代わって長尾家の惣領となった頃からの葛藤が、今なお城内に巣食っているのである。

景虎の政の根幹には、二人の重臣の存在があった。一人は代々長尾家に仕え、晴景のころから重臣として越後に隠然たる力を誇っていた大熊朝秀《おおくまともひで》。もう一人は、幼い景虎をみずからの居城である栃尾《とちお》城に迎えて手塩にかけて育て上げ、景虎が惣領となった後に長尾家の重臣に取りたてられた本庄実乃《ほんじようさねより》である。二人は長尾家の重臣として、越後国内の国人たちと、景虎との仲を取り持っていた。

実乃と朝秀という二人の奏者が、国人たちの要望を主に伺いをたてるという仕組みは、国が平穏無事に治まっているのであれば、別段取りたてて面倒でもないのだが、国人たちの間で領地の境目に対する諍《いさか》いが勃発すると、いささか厄介な事態となってしまう。

魚沼《うおぬま》郡の上野《うえの》家成《いえなり》と下平修理亮《しもだいらしゆりのすけ》は、領地の諍いにより反目を続けていた。家成は本庄実乃を奏者とし、修理亮は大熊朝秀を頼っていたのである。そして、事はこじれにこじれ、両者の訴えが春日山城にもたらされ、主みずからが裁決を下すことになった。裁定は修理亮の言い分を通すことで決した。この決定には、家成の奏者である実乃ももちろん納得していた。

しかし。

実乃の説得に家成は耳を貸さなかった。家成は頑として領地を明け渡さず、己の裁決通りに事が運ばぬことに憤った主が、隠遁《いんとん》したいと言い出す事態にまで発展したのだった。

これには実乃も朝秀も驚いた。

必死になって景虎を説得し、なんとか隠遁だけは避けられたが、それでも家成は強行に裁定に顔を背け続け、いまなお問題は解決されぬままになっている。

問題はこれだけではない。

越後北部に位置する奥山荘《おくやま》に、中条《なかじょう》と黒川《くろかわ》という国人がいた。両者はたがいに鎌倉より続く三浦《みうら》氏の流れを汲む名門であることを誇りにしているのだが、領地が隣り合っている所為で事あるごとに諍いを繰り返していた。

奥山荘は春日山から遠い。

景虎は越後中部に位置する三条《さんじょう》を本領とする家臣、山吉政久《やまよしまさひさ》に両者の調停を依頼したのだが、事はいっこうに治まらず、越後北部の重臣、色部勝長《いろべかつなが》までもが間に立つ事態となった。しかし、いまだにこちらも解決を見ていない。

春日山城の二人の奏者の思惑も絡みながら、越後各地で国人たちの争いが続発している。そんな状況に景虎は嫌気がさしたのだ。

実綱は二人の奏者とともに、長尾家の政の最終決定を担う重臣の一角を占めている。今回の登城においても、二人の間に立って取り成さねばならぬという面倒な役回りとなるのは目に見えていた。

実乃の能面のごとき白い顔と朝秀の達磨《だるま》のような赤ら顔を思い浮かべると、心の臓の右下あたりがきりきりと痛む。

痛みが胃の腑《ふ》を絞めつけて、腹の底から溜息を絞り出す。

「殿」

障子戸《しょうじど》のむこうから声が聞こえる。事態を知る近習《きんじゅ》が、いっこうに支度に取り掛かろうとしない主を心配して声をかけたのだ。

「わかっておる」

答えるが、やはり腰が重い。右の掌を背骨の付け根あたりにやって、ゆるりと擦《さす》る。齢四十八。温めてみれば、すこしは軽くなるかと思ってはみたが、そのようなことでどうなるものでもなかった。

心の問題なのである。体は壮健そのものなのだ。擦って腰が軽くなるはずもない。

「戦場ではあれほど雄々《おお》しき御方であるのに」

毘沙門天の化身。

主は己のことをそう信じて疑わない。現に、戦場での景虎はまこと毘沙門天の現身《うつしみ》ではないかと思うほどの勇猛な戦いぶりを見せる。長尾家の分家、上田長尾家の惣領である政景が背《そむ》いた時も、みずから兵を率い先頭に立って戦った。景虎が陣頭に立っていると聞いた政景は、すぐに兵を退き和睦を願い出た。

景虎の姉を妻とした政景は、いまでは一門衆の筆頭として、実乃や朝秀のような重臣たちとは一線を画した立場で長尾家に重きを成している。

景虎が戦場の時同様、厳とした姿勢で国人衆に相対してくれれば、どれほど楽なことかと思う。裁定に従わぬ者がいれば戦も辞さずという堅固な意思を持って、奏者二人にも厳しい態度で接していれば、国中がこれほど乱れることもなかったのではないかと実綱は思っている。

「さて……」

両手で腰を叩く。

「座っておるわけにもゆくまいて」

腹を括《くく》って実綱は立ち上がった。

勢い良く吐いた鼻息が、静まり返った広間に轟くのをまったく意に解さぬ奏者の豪胆さに、実綱は胃の腑が締め付けられる心地を覚える。

灯火に照らされた大熊朝秀の顔が、いつもよりも紅く染まっていた。胡坐の膝に置かれた巨大な掌が、先刻から小刻みに揺れている。膝に勢いを乗せて立ち上がろうとしているようにも見えるのだが、ただ単に落ち着かないだけだ。

府内にいた重臣たちが、春日山城の大広間に揃っていた。数列になって並ぶ最前列に、実綱とともに実乃と朝秀も座している。

重臣たちが見据える上座に主の姿はなく、一人の老僧が座っていた。

天室光育《てんしつこういく》。

府内の名刹《めいさつ》、長慶寺《ちょうけいじ》の住職である。仏法の信仰篤く、みずからも臨済宗《りんざいしゅう》に帰依《きえ》して宗心《そうしん》という法名《ほうみょう》を持つ景虎は、この老僧を慕っていた。北越後で争う中条と黒川が府内に滞在していた折に、両者の調停を依頼するというほどに、主はこの光育のことを信頼している。

「して住職。殿はいったいどのようなことを申されておるのでしょうや」

上座にて瞑目《めいもく》する老僧に、朝秀が大声で問うた。静やかな広間の気を打ち破った胴《どう》間声《まごえ》に耳を打たれ、光育がゆっくりと瞼《まぶた》を開く。今にも食ってかからんとする荒々しい奏者を前に、老いた坊主は細い眉ひとつ動かしもしない。

主は越後を去る際に、事の仔細を記した書を光育に託したという。事態が逼迫《ひっぱく》しているることを悟った光育は、みずから城に上って重臣たちに主の書の内容を伝えに来たのであった。

「景虎殿は」

朝秀の焦りなど露も気に留めず、光育が乾いた紫色の唇を震わせる。荒武者の声によって打ち破られた静寂が、徳高き老僧の研《と》ぎ澄《す》まされた声音《こわね》によってふたたび広間を包み込む。

「度重なる国人衆の諍いに心を痛めておられまする。みずからがどれだけ心を砕いて皆のために働こうと、誰も聞く耳を持ってくれぬ。書にはそう記されておられまする」

事実である。

越後の国人たちは、守護である越後上杉家が絶えた後、自分たちで選んだ主である長尾家の裁定に逆らってばかり。長尾家の元で手を携えて歩むことを拒み、戦も辞さぬとばかりに睨みあっている。

「上洛し帝《みかど》に拝謁し、天盃《てんぱい》と御剣《みつるぎ》を賜り、長尾家の家名を上げたのはなんのためか。信濃に兵を進め、当地の国人たちを救ったのはなんのためか」

長尾家のため。景虎のためである。と、実綱は心中で答えた。

たしかに主の行いは、長尾家の名を天下に示すことになったのは事実である。景虎は家督相続の折には将軍から白笠袋と毛氈鞍覆の使用を認められた。これなども長尾家の家名を高めるための行いといえる。

大義名分、権威秩序を主は好む。

その結果、北条に上野を追われた関東管領上杉憲政は、主を頼って越後に逃れてきた。これにより長尾家は関東鎮護の大義名分を得たも同然だった。

天下に長尾家の名が知れ渡りはしたが、それが果たして越後国内の侍たちにとって利となっているのか。主は声高に己の功を叫んでいるが、上洛も関東管領の世話も信濃や関東への出兵も、人や物を実際に負担するのは越後国内の侍たちである。

そのあたりのところが主にはわかっていない。

「政は政景殿を筆頭にした一門衆と、大熊殿、本庄殿、直江殿をはじめとした重臣たちで議すれば良かろうとのこと。景虎殿は遠く離れた地より、越後の行く末を見守っておると仰せでござる」

「そのような勝手が罷《まか》り通るわけがなかろうっ！」

主の一方的な物言いに耐え切れなくなったのか、朝秀が巨大な拳で床を叩いた。赤ら顔で上座を睨み付けながら、肩を震わせ言葉を吐く。

「これまでの我等の忠孝はなんのためぞ。みずからは面倒から目を背け、我等の思うままにいたせと景虎殿は申されるのか。そのような勝手なことが許されるのか。それが長尾家の惣領、越後の宗主の物言いか」

「口が過ぎるぞ大熊」

最前列の右端に座している一門衆筆頭の政景が、冷淡な抑揚のない声を浴びせた。

朝秀は灯火に照らされてもなお暗い政景の顔を見もせずに、光育に言い募る。

「信濃はどうなさるっ。武田晴信は諦めておりませぬぞ。景虎殿がおらぬとなれば、あの男はかならず信濃に兵を進めてまいりましょう。我等のみで、武田勢を止められるとお思いか」

「拙僧に言われてもどうすることもできませぬ。拙僧は景虎殿の書状に記されておったことを皆様方に伝えに参っただけ。どれだけ言い募られましょうとも、この場で景虎殿の御心が変ずることはありませぬ」

「御坊の申される通りじゃ」

大熊の隣で穏やかな声を吐いたのは、もう一人の奏者、本庄実乃であった。顔を真っ赤にして怒りを露わにする朝秀とは正反対に、口許に笑みを湛《たた》える実乃は、常でも細い眼を弓形に歪めながら続けた。

「この場でどれだけ不服を述べても、殿には伝わりませぬ。今すべきことは、長尾家の行く末を如何《いか》になすべきかを語らい合うことにございましょう」

「そのようなことは御主に言われずともわかっておるわっ」

床につけたままの朝秀の拳のなかで肉が鈍い音を立てる。同朋を見る朝秀の眼に怒りが宿っていた。いまにも床の拳が、にやけ面《づら》を打つのではないかと、二人を見守る実綱は心配になる。朝秀がいつ殴りかかっても良いように、尻をわずかに浮かせて成り行きをうかがう。

「皆に問うっ」

笑ったままの実乃から眼を背け、朝秀が立ち上がりながら吠えた。居並ぶ重臣たちを怒りの眼差しで睥睨《へいげい》しながら、腹の底から吐いた声で問う。

「景虎殿は我等を捨てて越後を去られた。長年、長尾家に忠節を誓ってきた我等は、これより先、如何になすべきであるか。皆の思うところを聞きたい」

一門衆の政景は、激昂する朝秀の言葉を聞きながらも、我関せずといった様子で目を伏せている。同じ長尾家であっても、政景が惣領を務める上田長尾家は、越後守護代家である府内長尾家から遠い。家筋的に、府内長尾家の惣領を継ぐことはありえない。政景自身も承知しているのであろう。無言のままうつむいて、朝秀の問いに参加するつもりは無いのだと態度で示している。

「殿に思い止まっていただくしかございますまい」

まっさきに口を開いたのは実乃であった。朝秀とともに、長尾家の双璧の一角を担う実乃が口火を切ることで、他の重臣たちはなにも言えなくなった。実乃が景虎を諦めないと言うのであればそれに従うとばかりに、家臣たちがいっせいにうなずく。己と目を合わせない男たちを憎々し気に睨みつけた朝秀が、怒りに歪んだ眼を実乃へむけた。

「正気か本庄殿っ。景虎殿は我等を見捨てたのだぞ。それでも御主は景虎殿を殿と申すか」

「我等の殿は景虎殿をおいて他にはおられませぬ」

実乃は淀《よど》みなく断言する。

両者の見解の違いを実綱は即座に理解し、さもありなんと思う。

長尾家の惣領になる前から景虎に従っていた実乃にとって、主は景虎しかありえない。一方、朝秀は長尾家に仕えてきたのだ。先代、先々代、それ以前も大熊家は長尾家の重臣だったのである。たまたま景虎が惣領になっただけであって、朝秀が心底から景虎を求めていたわけではない。この辺りの見解の違いが、主の出奔という事態を前にして克明に現れたのだ。

「己は国を捨てる故、御主たちで勝手にすれば良いと、景虎殿は申されておるのだぞ」

朝秀は〝殿〟とは呼ばず、主を名で呼んでいる。景虎殿と口にする時、朝秀の口調にわずかな嫌悪の色が滲んでいるのを、実綱は聞き逃さなかった。

「甲斐の武田、相模の北条。景虎殿が喧嘩を売った者たちは、長尾家を許しはせぬぞ。主が代わった。景虎殿は出奔したと言い訳したところで、武田も北条も矛《ほこ》を納めはせぬ。第一、北条と争うことになったのは何故じゃ。御館《おたて》におわす管領殿が逃げてこられた所為であろう。武田はどうじゃ。北信濃の高梨、村上等が泣き付いてきた所為であろう。管領殿は、北信濃の国人衆どもは、いったい誰を頼って来たのじゃ。景虎殿であろう。景虎殿の武名を頼って、逃れてきたのではないか。それを聞き入れたのは誰じゃ。景虎殿ではないか。景虎殿が武田と北条を敵に回したのだぞ。越後に敵をもたらしたのは景虎殿じゃ。敵を作っておきながら、後は勝手にいたせとは、一国の主のすることかっ！」

まくし立てた朝秀が足で床を鳴らす。実綱は腹の痛みに奥歯を嚙み締め必死に耐えながら、激昂《げっこう》する荒武者の足元に座る実乃をうかがう。物々しい殺気を放ち続ける朝秀を前に、もうひとりの奏者は穏やかな笑みのまま背筋を伸ばし座している。実乃がそういう様子であるから、他の重臣たちも朝秀の激昂に動揺する素振りは無かった。

そういうことか……。

実綱は心の裡でつぶやき、口中に溜まった酸っぱい唾《つば》を飲み込んだ。喉の突起が大きく上下して、顎の下あたりで鈍い音が鳴ったが、実乃を見下ろし怒りに震える朝秀は気付いていない。

「大熊殿」

笑みのままの実乃が、猛《たけ》る熊を見上げる。先刻あれほど怒号をがなり散らしていた朝秀は、冷たい実乃の微笑《ほほえ》みを前に息を呑んだ。

「其処許《そこもと》の物言いは聞き捨てなりませぬ。たとえ殿が我等を御見捨てになられようと、悪いのは我等であって、殿ではござらぬ。ささやかな田畑のために相争う国人衆。その肩を持って争いの火に油を注ぐ我等。越後のために、長尾家のために、我等のために、我欲を捨てて政道を邁進《まいしん》なされておられる殿にとって、我等の諍いは耐えられるものではなかったのでありましょう。それほど我等は堕落しておったのです。我欲に塗《まみ》れ、殿の苦悩すら理解できなかった。我等に殿を責めることはできませぬ」

朗々と語る実乃の口調は、朝秀の激した言葉とは違い、重臣たちの心に静かに染《し》み入ったようだった。怒りに任せて主を悪しざまに罵《ののし》っていた朝秀までもが、静かになっている。

実乃は笑みを崩さない。その柔和な態度が、実綱には朝秀よりも恐ろしく思えた。彼の言葉を聞く重臣たちは、はじめから実乃の想いを知っていたように、小動《こゆるぎ》ひとつせずに成り行きをうかがっている。凛然《りんぜん》と背を伸ばし、実乃の言葉を待っている男たちの胸にはひとつの決意がうかがえた。

すでに事は決している。

実綱は確信した。

主の出奔を知った実乃は、勝負に出たのだ。この一大事をみずからの勝機と捉え、朝秀に戦を仕掛けたのである。

この場が設けられた時点で、朝秀の敗けは決まっていたのだ。

ゆるりと実乃が立ち上がる。

ふたりの奏者が向かい合った。背丈も肉付きも朝秀のほうが何倍もたくましい。殴り合ったら当然、朝秀に軍配が上がる。しかし、この場で事を決するのは腕力ではない。

政とは如何なるものか。

実乃から目を逸らさず、実綱はその神髄を見極めんとする。

「其処許が申された通り、北条も武田も殿が敵と見定めた相手にござる。殿は私欲において、両家に刃をむけた訳ではないことは、其処許も重々承知しておられるはず」

「だ、だからなんじゃ」

口応えはするものの、もはや朝秀には反証する意志はなかった。

白足袋に覆われた爪先をつっと前に出し、実乃は朝秀との間合いを詰めた。弓形のままの眼の奥に輝く小さな瞳から放たれた冷たい視線が、頭ひとつ大きな朝秀の眉間のあたりを射貫く。

「北条と武田に勝てるのは、殿以外におりませぬ」

ここで初めて、実乃が重臣たちに目をむけた。

「そうは思われませぬかな。それとも、我等のみで北条と武田に立ち向かいまするか」

重臣たちは実乃の問いに、首を左右に振って応えた。誰からも反論はない。ひとりとして実乃に刃向う者はいなかった。その様を見た朝秀が信じられぬという様子で荒い鼻息を吐く。

「御主等……」

重臣たちは決して実乃の息のかかった者たちばかりではない。景虎とともに春日山城に入った実乃は、ここに集う男たちのなかでも新参といえた。実綱も実乃同様、景虎によって重臣に抜擢された新参者である。

ここに集う男たちのなかには、朝秀と近しい者も多い。

しかし今、実乃の言に逆らって朝秀の肩を持つ者は皆無であった。

主の出奔によって、北条、武田と戦わねばならぬのだという切迫した危機が目の前に現れたのである。みずからが矢面《やおもて》に立たねばならぬことになった重臣たちは、長尾景虎という男の武勇を求めたのだ。景虎がいるからこそ、北条や武田と戦える。景虎自身がはじめた争いを、中途で投げ出されて困るのは、この場の男たちなのだ。北条や武田に越後を蹂躙《じゆうりん》されるくらいなら、景虎を求める。

すでに皆の腹は定まっているのだ。

「殿に御戻りいただくしか道はない。それが我等の総意であるということでよろしいな」

朝秀を無視して実乃が淡々と問う。

「本庄殿」

実綱は笑顔の奏者の名を呼んだ。なんとなくこのますべてが実乃の思うままに進むのが嫌だったからだ。

「どうなされた直江殿。なにか不服でもおありかな」

意想外のところから声が上がったことに、実乃は幾何《いくばく》かの不審を声に滲ませた。実綱は座したまま、笑顔の奏者に臆さず問う。

「殿に御戻りになってもらうとなれば、我等もこれまでのようにはまいりますまい。これまでのことを悔い改め、家人一同一丸となり、殿に忠節を誓うと約束でもせねば、殿は御戻りにはなりませぬでしょう。その覚悟が皆様にはおありなのですか」

「どうですかな」

実乃が男たちに問う。

「無論っ」

「殿が御戻り下されるならば、我等は下知に従うのみっ」

「越後がひとつにならねば、北条、武田とは戦えぬ」

方々から声が上がる。

どうやら下準備は出来ていたらしい。実乃の元、すでに主を迎え入れることで話は付いているのだ。

ということは。

残る問題はひとつだ。

実綱は問いを重ねる。

「各地の国人衆たちはどのようにして治めるおつもりか。この場に集っておられる方々の御心はわかりましたが、遠く国許におられる国人衆のなかには、此度の事態をまだ知らぬ御方もおられましょう」

「奏者などがおる故に、国が乱れまする」

言い切った実乃の笑みのままの眼が、朝秀をとらえた。

「国人の双方の肩を別々の奏者が持つ故に、争いは激しくなる。双方の不服を聞き入れるが故に、国人衆の我欲は募りまする。殿の御決断が軽んじられることとなる」

「ほ、本庄、御主はいったいなにを考えておる」

「殿の御決断を最上の物とし、国人衆はそれを受け入れまする。奏者はただ殿と国人の間を取り持つだけのものとなる。それだけのことにござりまするよ大熊殿」

みずからの奏者としての権力をも捨て、それでも景虎の帰還を求める実乃と、ただただ国を捨てた主の身勝手に悪態を吐くだけの朝秀でははなから勝負にならないと実綱も思う。実乃は揺るぎない口調で、朝秀を追い込んでゆく。

「殿に御帰還願う。これは我等の総意にござる。これに従えぬとあらば、長尾家に大熊殿の席はござらぬ」

「実乃……」

「我等の総意に従うか否か。この場で御決めいただきたい」

笑顔の奏者に熊が背をむけた。答えを告げぬまま朝秀は広間を去る。

この夜、朝秀は長尾家を辞し、実乃はすぐに景虎へ謝罪の使者を送った。


「本庄殿は、はじめからここまで考えておられたのか」

善光寺平の陣所にて、実綱は実乃の緩んだ顔を見据えながら問うた。

幔幕《まんまく》に囲まれた陣所のなか、差し向かいで盃を酌《く》み交わしている。兜は被ってはいないとはいえ、黒い当世具足に身を包んでいる実乃は、細身でありながらも馬子《まご》にも衣装というべきか、侍の格好は付いていた。

「なにがでござるかな」

実綱より二つ若い重臣が、笑みのままの唇に盃を触れさせる。朱塗りの盃を傾ける間も、顔には笑みが張り付いていた。盃のなかの酒を一気に干して、実乃は向かいに座る実綱の言葉を待つ。年下ではあるが、幼き主の才を見抜いてみずからの城に招いた実乃の見識を、実綱は買っている。行く末を見極め、人を動かす才では勝てないと、どこかで諦めていた。

己の掌中の盃の中で揺れる濁《にご》った酒を見つめながら、実綱は素直な想いをぶつけた。

「殿が出奔なされた時から、本庄殿は今度の信濃出兵まで思い定めておられたのか」

「まさか」

掌中の盃にみずから酒を満たしながら、実乃は笑った。互いに従者も連れていない。二人きりである。訪ねたのは実綱であった。

どうしても聞いておきたいことがあったのである。

笑いながら盃を傾ける実乃に問いを投げる。

「殿の出奔という危機を逆手に取り、大熊を越後から追った時にはすでに、今度の武田との戦までも眼中にあったのでは」

いま、大熊朝秀は武田家に仕えている。

越後を離れた朝秀は、武田晴信と通じて越中にて兵を挙げ、越後に攻め寄せた。この事態を聞いた景虎は、実乃以下長尾家臣たちの懇請を受け入れ春日山城に復帰。越後勢は朝秀を駒帰《こまがえり》の地で打ち破った。

敗れた朝秀は武田に走り、晴信に重臣の家格で召し抱えられたという。

大熊朝秀と晴信は、かねてから通じていたのである。

重臣にまで武田家の調略の手が及んだことを、国主に復帰した景虎は重く受け止め、信濃への進軍を決意した。ふた月ほど信濃との国境に陣を張っていたが、武田勢に攻められ窮地に陥った高梨政頼の求めに応じて信濃に入り、善光寺平に陣を布いた。山田《やまだ》の要害と福島《ふくしま》の地に寄っていた武田の兵たちが、景虎の到来を知って退却。一戦も交えずに一帯の武田勢は一掃された。ひと月善光寺平に留まった景虎は、武田勢の動きが無いことを知ると千曲川を北上して飯山《いいやま》に布陣した。その後、景虎は一度山を降りて川中島を南下。香坂《こうさか》の地を放火し、岩鼻《いわばな》のあたりで敵と遭遇したが刃を交えるには至らず、そのまま善光寺平に戻ると三月ほどの時が流れた。

春の盛りであった二月に城を出てから六月《むつき》経ち、夏の盛りも過ぎようとしている。善光寺平の眼下に、武田勢が現れたのは八月も下旬に差し掛かった頃だった。

「大熊が武田と通じておったというのは、某も驚き申した」

盃を置いた実乃がはにかむように笑う。

「御存知なかったのか」

「殿の出奔が我等重臣一同の相克《そうこく》にあるというのは解っておりました故、とにもかくにも大熊との決着を付けねばならぬと思うてのこと。出奔の報せを聞き、城に集まるまでの間に、方々の重臣たちと繋ぎを取って、光育殿との評定の席の前に皆で集まったまでのこと」

「某は呼ばれておりませぬ」

不服を眼に宿らせ実綱は同朋を睨んだ。笑みのまま頭を大袈裟なまでに上下させて、実乃が謝る。

「直江殿は某と大熊と同格の奉行衆。本来ならば真っ先に渡りを付けねばならぬ御方であるのですが、事態が大熊排斥へと動いているのを悟ってくれれば、それで伝わると思うた故、動きが不確かな重臣連中の懐柔に気を注いだまでのこと。いわば直江殿を信頼してのことにござる」

信頼……。

この男が笑みを浮かべて言うと空々しく聞こえるが、己への害意は無いと見て、実綱はそれ以上の糾弾を止めた。

「大熊が武田に走ったのは成り行きだと」

「左様」

「では、此度のことも成り行きのままに起こったことだと申されるのか」

「光育殿との評定の席で申したではありませぬか。これより先は、殿の御威光をもってして全てを決すると。我等は殿が思い描く行く末を形にするために、心血を注ぐ。

それで良いではありませぬか」

たしかに実乃が言う通り、春日山に戻ってくるのを決めたのは景虎自身である。大熊の離反と決起が、結果として景虎の復帰を決めたのだが、それまでは実乃や実綱をはじめとした国人たちの懇願を聞き入れなかった。

「我等は景虎様に越後を任せたのです。某はなにもしてはおりませぬ」

実乃が嘘を吐いているようには見えなかった。笑みを絶やさぬこの男の面から本心を読み取るのはなかなか難しいのだが、付き合いの長い実綱には、笑顔の下にある実乃の心がうっすらとだが読める気がする。

「ただ」

実乃が穏やかな声を投げる。

「我等とてただの木偶《でく》ではござりませぬ。景虎様が御定めになられる行く末だけに身を任せるのでは、我等が居る意味がない」

にこやかに盃に酒を満たし、ふたたび実乃は一気に呑み干した。細い体のいったいどこにそれほどの酒が入るのかと思うくらい、実乃は淡々と酒を喰らう。そのくせ女子《おなご》と思うほどに白い肌はいっこうに紅くならないのだ。口振りにも酔った気配がない。実綱などは数杯盃を空けるだけで、顔が熱くて堪らなくなるというのにである。

本当に同じ物を呑んでいるのかと不思議に思う。

「殿の御考えの助けになることを申すのも我等の務めにござる」

「しかし先刻、其処許は大熊が武田に走ったのも、此度の戦も成り行きだと申したではないか」

「それはその通りにござりまする故、そう申したまでのこと。大熊が武田に走った時点で、此度の戦は起こるべくして起こった。それだけのことにござりまする」

そこで実乃が顔を引き締めた。常に顔に張り付いている笑みが消え失せ、細い瞳の奥に宿る瞳に生き生きとした光が煌《きら》めく。

「恐らく此度も小競り合いのみで戦は終わりましょう」

それは実綱も予見している。このまま対陣を続けたところで、武田勢は本腰を入れて攻めかかっては来ないだろう。

「殿は武田晴信との決戦を望んでおられまする」

実綱は黙したままうなずく。

これまで三度川中島に兵を進め、前回も今回も六ヵ月を越える滞在となった。

主は誘っているのだ。

武田晴信が動くのを。敵中に留まって、我が身を誇示することで、晴信の怒りを掻き立てようとしているのだ。直接刃を交えて雌雄を決する。景虎の心のなかに、その一念があることは側《そば》に仕える実綱には、ひしひしと伝わって来る。

酒気で火照《ほて》る頬を震わせ、実綱は素直な問いを年下の同朋に投げた。

「なぜ殿は、そこまで武田晴信にこだわるのであろうか」

「似ている。そう思われておられるのではないかと」

景虎との縁は長尾家のなかでも抽んでて長い実乃が、確信めいた口振りで答えた。

「似ている……」

不審を口調に滲ませながら実綱はつぶやいた。

自領を治めるだけでは足らずに、我欲のままに信濃を侵略する武田晴信と、周囲の者たちの助けを求める声を聞き、私情を捨てて敵を討とうとする景虎のどこが似ているというのか。実綱の脳裏で二人の男の姿がどうしても重ならない。

「どちらも無類の戦好き」

「殿が、戦が御好きだと申されるか」

真剣な面持ちで実乃がうなずいた。

「決して私欲のために兵を挙げられるような御方ではありませぬが、それと戦好きとは相いれぬ物ではありますまい。戦が好きであるが故に、他者の求めに応じるのです」

実乃が言わんとすることが実綱にも読めた。

他国を侵略するだけが戦ではない。援《たす》けの手を差し伸べるのも戦なのだ。

「戦が強いということは、戦が好きだということに他なりませぬ」

景虎も晴信も戦の強さは周知の事実である。

「武田晴信が強き故、殿は信濃にこだわられる。関東の北条に対する態度を見れば、御分かりになられましょう」

たしかに管領、上杉憲政の求めによって関東に出兵はしたが、戦という戦もせずに越後へと退いた。

「かたや管領の求め。かたや国人衆の懇願。いずれにより大きな義があるか。殿ならばいずれに重きを置くか」

景虎は都の将軍や帝を重んじている。公儀の要である関東管領の窮状を救うことに、本来ならば拘泥するはずだ。しかし現実は、上信濃の国人衆たちを助けるために躍起になっている。

「大義よりも殿を魅了するものが、この地にはあるのでしょう」

「それが武田晴信であると」

「だからこそ殿は、晴信との邂逅を求めている」
それが決戦であるということなのだ。
「恐らく此度も晴信は動きますまい。武田にしてみれば、面倒な越後勢が留まってお
る時に無駄な力を使わずに、兵が退いた後にゆっくりと信濃を取り戻せば良いだけに
ござる」
前回、七ヵ月もの長い滞在によって上信濃の大半を武田家より解放したのだが、不
戦の盟約もどこ吹く風で、晴信は越後勢が兵を退くとふたたび上信濃の支配に乗り出
した。恐らく今回も、景虎が去るのを待っているのである。
「我等は殿の求める行く末のために働かねばなりませぬ」
「しかし晴信はこのままでは」
「穴から出て来ぬ虎を引き摺り出すには餌《えさ》がいりましょう」
実綱の言葉を切って実乃が語る。掌中の盃は長い間、空になっているのだが実乃は
気付きもしない。
「此度の戦が終わって越後に戻ったら、某は殿に上洛を勧めようと思うております
る」
「上洛……」

もしそれが実現すれば、景虎の二度目の上洛となる。

「前回の上洛の折は、将軍義輝《よしてる》公は近江《おうみ》におられ、帝への拝謁《はいえつ》のみに終わった」

三好長慶《みよしながよし》に都を追われた将軍は、近江国朽木《くつき》に身を寄せているが、今回は何としても将軍との面会を果たしたい。

「関東管領はすでに越後にある。将軍から管領の庇護を正式に認めてもらうのです。さすれば殿は関東管領と同格の力を得る」

長尾家は越後の守護代である。すでに越後守護上杉家は後嗣無きまま絶えている。越後の守護同然の地位にある長尾家であるが、その威光は越後一国に限られていた。

しかし関東管領となれば話は別である。

関東の大名たちを統括する立場となるのだ。いかに力が衰えたとはいえ、いまだ将軍は健在なのである。武名と関東管領という大義名分があれば、諸国の大名たちはこれに従うしかない。

「殿が関東管領と同等の力を得れば、晴信も黙ってはおれまい。いや」

実綱は息を呑んで同朋の不敵な面をにらむ。

「ゆくゆくは管領殿の家督を、殿に御譲りいただくつもりでござる」

越後上杉家よりも家格が上の山内上杉家の惣領に、主を据えると実乃は言った。

「いまはまだ、この場のみの話にござる」

「殿の御定めになられることに従うと先刻申したばかりではないか。なのに其処許は」

「武田晴信と雌雄を決するという殿の望みを真とするための策にござる。殿にとっても決して悪い話ではありませぬ」

「心底恐ろしい男じゃ」

実綱は己が酒壺を取って掲げた。乾いた盃を揚げる実乃の顔には常の笑みが戻っている。

二人の予見通り、両軍は一度刃を交えはしたが、それ以上の激しい動きはなく、景虎は六ヵ月の対陣を終えて越後に戻った。

主の手を両手で包み込みながら、好々爺《こうこうや》が涙を流しているのを実綱は重臣たちとともに眺めている。

「景虎殿が名跡を継いで下さることで、某の肩の荷もやっと降ろせる」

手を握り、涙を流して言ったのは、先の関東管領上杉憲政である。

鎌倉であった。

信濃から撤退した景虎は、越後に戻った後、五千の兵を引き連れて上洛した。三好長慶と和睦し京へと戻っていた将軍、義輝も景虎との面会を望んでいることもあって、北陸道の大名たちも景虎を受け入れ、道中なにごともなく進んだ。

京にて将軍と面会を果たした景虎は、信濃守護に任じたにもかかわらずなおも戦を続けようとする武田晴信に抗するため、信濃への介入を許された。

そしてもうひとつ。

関東管領上杉憲政の進退について景虎に一任するという許しを得たのであった。

景虎は越後に戻ると、越中の争乱に介入し兵を挙げた。それが落着すると、今度は関東に兵を進めた。これに応じた関東諸将の兵が集まり、味方は十万に膨れ上がった。

八ヵ月ほどにおよんだ関東出兵であったが、最後のひと月ほどは小田原《おだわら》城を取り囲み、あと一歩というところまで北条を追いこんだのだが、長い敵地での戦に疲れ果てた兵たちの懇願を聞き入れる形で兵を退いた。

その足で景虎は、主だった家臣たちとともに鎌倉に入ったのである。

鎌倉は源頼朝が幕府を開き、足利尊氏《あしかがたかうじ》が関東管領を置いた地。この地で景虎は、憲政より山内上杉家の家督を譲り受けることに決めた。

「儂に代わって、関東に安寧を取り戻してくだされ景虎殿」

上座に並んで座る今や親子となった二人を前に、実綱は隣で笑う実乃を横目で見た。

すべてはこの男の思う通りになった。

三度目の川中島での対陣の折に実乃が語っていたことが、いま実綱の目の前で現実となっている。

「政虎《まさとら》にござります」

主が涼やかな声で老いた義父に言った。

「そうであった、そうであった。其方はすでに長尾景虎ではないのであった。上杉政虎。そう上杉政虎であるな」

手を握ったまま、憲政が嬉しそうに言った。

関東管領の言葉通り、景虎は上杉家の家督を継ぐことで姓を上杉と改め、名も憲政の政の字を譲り受けて政虎となった。

上杉政虎。

主は晴れて関東管領職を受領した。将軍義輝からは、信濃への介入も許されている。

武田晴信は将軍にとって佞臣《ねいしん》となったのだ。

佞臣晴信を討つため、関東管領上杉政虎が信濃に入る。それを認めないということは公儀に逆らうも同然であった。これ以上の大義名分は侍の世にはない。

「其処許が目指した通り、これで武田晴信は戦わねばならぬようになったな」

上座で手を繋ぎ合う親子を見つめながら、実綱は小声で隣に語りかけた。実乃も笑みに緩んだ眼を主にむけたまま、口角の上がった唇を小さく開いた。

「すべては殿の望みを果たすためにござる。これからにござるよ直江殿」

実乃の言う通りである。

上洛も関東出兵も、今日の関東管領就任も、すべては武田晴信との決戦のためなのだ。

「武田が信濃から北上し越後を手中に収めんとするために、今川北条と手を結んだように、我等は将軍の信濃介入の許しと、関東管領という大義名分を得た」

実乃がささやく声に、不動の力強さがある。

眼前で涙ぐむ憲政とそれを静かに見つめる主を前に、実綱は隣に問う。

「武田晴信を討ち果たした時、殿は信濃を如何様になさるおつもりであろうな」

「助けを求めてきた国人に返す。それで終わりでありましょうな」

断言する実乃が、鼻から息を吸って、言葉を繋ぐ。

「殿が求めておられるのは武田晴信との決戦のみ。その後、信濃がどうなろうとどうでも良いと思われておられよう」

「そのためにここまでお膳立てをしてまいったのだな其処許は」

広間を吹き抜ける風に、若き木々の香りが混じっている。閏三月、じきに春も終わる。

日一日と梅雨が迫って来ていた。じきに田植えの支度だ。梅雨が終わり夏が来れば田は緑に染まり、秋になれば黄金《こがね》色の稲穂を付ける。稲を刈ったら、各地から納められる米が府内に集まって大忙しだ。

本来、実綱はそういうことに長《た》けていた。軍略のような侍らしい武張ったことよりも、国を円滑に取り回す差配のほうが性に合っている。

「殿の武田晴信への執着のために、我等は懐《ふところ》を痛め、血を流すのだな」

領地を得るため、敵地を略奪するため、侍は国境を越えて戦をする。なにも得られぬのなら境を越えて敵地を侵すような危険な真似はしないものだ。道理や義侠心で戦うような侍は、己が主以外に聞いたことがない。

「直江殿は不服にござりまするか」

「さて」

明確に否定することができなかった。主の想いを叶えるために働く。それは大熊を追放し、主にもう一度国主となってもらうよう決めた時に実乃とともに誓った。主の意思に越後の国人は従う。それが頭を下げてまで帰還を望んだ者の誠意であるのは実綱も重々承知しているつもりだ。

だが。

管領となり、上杉と名を改めた主が、関東の安寧のために戦うことで、実綱たち越後の国人たちはいったい何が得られるというのか。

誉れや名では飯は喰えぬのだ。

「儂が不服だと申したら、其処許はどうするつもりだ」

問う実綱の視界の真ん中で、主が義父の手を引き剝《は》がすようにして離した。齢三十二。顔付きは幼いほうなのだが、肝《きも》の据わった眼付きや物腰のせいで、主はひと回りほど年嵩に見える。そうなると実綱とあまり変わらぬ年頃だ。

「大熊のように儂も追放するか」

「愚かなことを……」

実乃が顔を伏せ、主に見られぬように笑う。

「直江殿はどのようなことがあっても、越後を離れはせぬ。殿を裏切るようなこともない」

「言い切るではないか」

何事も見透かしたような実乃の物言いに腹立たしさを覚えるが、怒る気になれない。上杉家の名跡継承の場であるからというような大人じみた理由ではない。実乃の言葉が正鵠《せいこく》を射ているからである。

武田晴信に執着する主に対しての迷いがあるのは事実だ。しかし、それと主を裏切るという話は別である。どれだけ不安を抱こうと、迷いが心を包み込もうと、実綱は今までもこれからも主の臣である。長尾家、これからは上杉家のために働くことに迷いはない。

ただ、己がそうだからといって、果たして皆が同じ気持ちであるのか。これまでのように関東の安寧という大義と理想のためだけに主が戦い、領土を拡げず、明確な褒美もないなかで、大熊のような離反者が出ぬと言い切れるのか。

実綱の不安は、己のものというよりも、越後一国、上杉家臣団に対するものである。

「御案じめさるな。此度の関東管領就任、上杉家の継承によって、殿は越後の国主ではなくなった。国人たちも、これまで以上に主の大義を重く見る。直江殿が憂えておるような事態にはなりませぬ」

「昔から思うておったが、御主のそのすべてを見通しておるような物言いが、儂は嫌いじゃ」

「嫌われておると思うておりました」

そう言って笑った実乃がゆっくりと頭を下げた。実綱もそれに倣うように、頭を垂れる。重臣たちに顔をむけ、主が立ち上がったのだ。

「我は上杉政虎である。関東管領に任じられたからには、これまで以上に関東の仕置きに目を配らねばならん。御主たちには、上杉家の臣として一層の精進を求める」

「ははぁっ！」

居並ぶ重臣たちが声を合わせて応えた。

「まずは信濃じゃ。此度こそ武田晴信を戦場に引き摺りだす」

主の声に、これまでにない覇気の漲《みなぎ》りを感じた。

主が関東管領に就任して五ヵ月が過ぎた。その間、実綱は激務に忙殺されていた。戦支度である。

この日、実綱の忙しかった日々が、やっと実を結ぶ。

「良いかっ！　此度は武田晴信の首を得るまで越後には戻らぬと思えっ！」

春日山城の敷地を埋め尽くす兵たちを前に、主が雄々しく叫んだ。本丸屋敷のある何処よりも高い石垣の上に立って右手を挙げる姿に、荒々しい越後の男たちが見惚《みと》れている。

石垣の袂に並ぶ重臣たちの列のなかに、実綱は立っていた。今回の戦において各国人が動員する兵の数から、米等を運ぶための荷車の手配にいたるまで、多くの支度を実綱が先導して行って来た。

これから始まる戦では、小荷駄を差配することになっている。すみやかに兵が立ち働けるよう、兵糧《ひょうろう》をはじめとした戦に必要な物を運ぶ大事な役目である。兵糧や得物、幔幕などの布陣するための道具がなければ、兵たちは一日とて敵地に留まることはできないのだ。前線で雄々しく戦うのが戦の華ではあるが、地味で目立たない己の務めに実綱は揺るぎない誇りを持っている。

鎧の上から胃の腑の辺りを押さえた。

誇りある務めではあるが、実際にやるとなると面倒事の連続である。信濃までの道程、恐らく数ヵ月の滞在になるであろうことを考えると、用意した分量で果たして足りるのだろうかなどと色々な不安事が押し寄せてきて、胃がしくしくと痛んだ。

「決戦の地は川中島となろうっ！　将軍、足利義輝公は信濃の安寧を我に託された。我は関東管領として、将軍の御為、佞臣武田晴信を討たねばならん。これまでのような小競り合いで終わると思うなっ！　必ず武田晴信を討ち、信濃に安寧をもたらすのだっ！」

主の決意に、城に集った一万人あまりの男たちがいっせいに雄叫《おたけ》びを上げた。虚空を一万もの声が震わせ、実綱の躰へと伝わってくる。いかに荒々しいことより政が得手である実綱であっても、男児として心が奮い立たぬわけがない。男たちの熱に浮かされるようにして、目頭の奥に熱さを感じた。涙が迫《せ》り上がってくるのを留めるように、眉間に力を込めて皺を寄せた。

これまでの三度の戦いとは、出陣の意気込みからして違う。皆が一丸となって、武田晴信の首を望んでいる。

「どうなされた」

割れんばかりの咆哮《ほうこう》のなか、驚くほど静かな実乃の声が耳に滑り込んで来た。問われている意味がわからず、実綱は答えに窮する。

「珍しいこともあるものよ」

一万人の雄叫びを前にしても、兜の下の実乃は笑っていた。

「なにが」

「泣いておられる故」

「なっ」

「御気付きになられておらなんだか」

男たちから顔を背けた実乃が、実綱を見据える。

実綱は、とっさに手を頬に持って行った。鞢《ゆがけ》に覆われた指では、濡れているかどうかはわからない。だが、頬の方は指に押されて染みた涙の熱を感じている。

「厳しき戦となりましょう。我等のいずれかが死ぬやもしれませぬ」

「望む所じゃ」

頬に触れていた指を拳に固め、しっかりしろと心につぶやきながら己の顔を殴る。

「直江殿らしゅうもない」

「主のために働く。そうであったな」

「左様」

実乃がうなずく。

「面倒なことは、武田晴信を討ってから考えることに決めた。もう儂は迷わん」

「直江殿らしい腹の括り方でござるな」

「ふんっ」

年下の同朋に強がってみせてから、実綱は主を見上げた。

「命を惜しみ敵に背を見せる者は死ぬものじゃっ！　死を恐れるなっ！　恐れず敵にむかってゆけっ！　生きる道は敵中にあるっ！」

激した主の声が胸に染み入る。

死を恐れず前へ……。

実綱は主を見つめ小さくうなずく。

胃の腑の痛みは気付かぬうちに消えていた。

肆　武田左馬助信繁

みずから吐いた息にさえ心が染み出ているように思えて、武田左馬助信繁《さまのすけのぶしげ》は呼気を吐くことを躊躇っている。

棒を握る手が汗で濡れていた。先端を下にして構えているのだが、両の二の腕あたりが痺れてきている。肩幅よりも少し広くして踏ん張る足が、早く動けと急かすように小刻みに震えていた。

ひと足飛び込んで棒を突き出せば届くところに相手は立っている。

兄だ。

そして主である。

「どうした典厩《てんきゅう》。いつまでそうやって固まっておるつもりじゃ」

信繁の官職、左馬助の唐名を兄が呼んで朗らかに笑う。禿頭《とくとう》が九月の燃えるような夕陽に照らされ赤々と輝いている。二年前に出家した兄は、法名を信玄《しんげん》と名乗った。

出家したとはいえ、兄は俗世への執着を捨てきってはいない。現に今も棒を槍に見立てて、弟を突き殺さんとするような強烈な殺気を放っていた。

鼻の下を覆う髭が笑みの形に歪んでいる。その笑みに、不気味なほどの邪気を孕《はら》んでいた。少しでも気を抜けば、この兄は躊躇《ちゅうちょ》なく弟を突き殺すのではないかと思う。

「来ぬのなら儂から行こうか」

言いながら裸足の爪先をじりじりと信繁のほうへ滑《すべ》らせる。しかし、信玄は己から仕掛けようとはしない。信繁も、誘いに乗るような愚は犯さない。

兄と対峙する時は、焦りは禁物だ。

少しでもこちらが隙を見せれば、兄は絶対に見逃さずにそこを突いて来る。不用意に近づけば、気付いた時には棒を放って地面に転がってのたうち回ることになる。

信繁はうんざりするほど、そういう目に遭っていた。

どうじゃ典厩。

立ち合いを望む時、兄は決まってにやけ面で棒を二本持ってそう言う。信繁は棒を手渡され、相対するしかない。

そして敗ける。

これまで一度として勝ったことがない。

「本当に儂から行くぞ」

嬉々として挑発しながら、信玄がこれみよがしに前に出した右足を振り上げる。そのまま踏み込めば、たがいの棒が当たる間合いであった。

「御随意に」

冷淡に答え、信繁は一歩も動かない。それを見た兄は、つまらなそうに先刻まであった場所に右足を戻して口を尖らせる。

「相変わらず手堅いのぉ」

「痛い目に遭いたくはござりませぬ故」

答えると同時に、己が持つ棒の先がわずかに揺れた。

腕の痺れである。

「隙ありっ！」

子供のように無邪気に叫びながら、信玄が大きく間合いを削ってきた。

震えた信繁の棒の先を上から叩き落とすように、みずからの棒をすばやく上げる。

信繁は躰ごと大きく退く。

兄の棒が虚空を叩いた。兄はそのままその場に留まって、ふたたび棒を構える。先刻まで睨み合っていたよりも、信繁が退いた分だけ大きく間合いが開いている。

「つまらんのぉ」

「ならば止めていただきたい」

「そのほうが、もっとつまらんではないか」

「兄上は某を叩きのめさねば、楽しめぬのですか」

「違《ちが》わいっ！」

口を尖らして叫ぶ。

子供である。

しかも性質《たち》の悪い童《わらべ》だ。

「儂だって色々な遊びを知っとるわい。今日は御主と槍を交えたい心持ちじゃっただけじゃ」

「気まぐれで叩かれてはたまりませぬ。某がただの家臣であれば、謀反《むほん》を企《たくら》んでもおかしゅうはありませぬぞ」

「なんじゃ。棒で叩かれた恨みで、儂に刃向うか。そんなに悔しいんなら、強うなればよかろう」

何度も何度も聞かされてきた言葉だ。

悔しければ強くなれ……。

なにかで信繁を負かす度に、兄は決まってこの言葉を吐く。

昔はこういう気性ではなかった。

父がまだ武田家の当主であった頃、兄はどちらかというと物静かな性質であった。屋敷の女たちを集め、夜な夜な歌を詠《よ》み、昼間も武芸の修練をするよりは部屋に籠って書を繙《ひもと》いているような子供であった。

信繁のほうが弓や馬など、侍のたしなみを日々こなしていたのである。

父の所為だ。

前代の甲斐国主である父、信虎は、弟である信繁を可愛がった。ことあるごとに兄と弟を比べ、家臣たちの前でこれ見よがしに兄をこき下ろして信繁を褒めた。

三十七となった今でも、信繁には瞼の裏にはっきりと残っている光景がある。

ある晴れた日のことだった。

父の家臣たちが並んでいる。屋敷の縁には父が座っていた。その傍《かたわ》らにいる信繁の母、大井《おおい》の方《かた》が顔をしかめて庭から目を背けている。

信繁は白砂利《じゃり》の上に兄と並んで立っていた。

「これを見よ」

父が右手を床に伸ばし、太刀を手にして兄弟へと掲げた。白地の鞘や柄に、びっしりと金細工が施されているその太刀を、父はにこやかに眺めている。

「先の戦で手に入れた物よ。刃の姿も良いし反りも儂好みじゃ。良う斬れるぞこれは」

敵から奪った太刀を、初陣《ういじん》すら終えていない兄弟にひけらかして見せる。

しかし、信繁の目には、父の顔の前で光る刃など入らなかった。

目の前に骸《むくろ》が転がっている。

首から上がない。さいわい見下ろす信繁からは、首の傷は見えなかったのだが、そこから先が無いことは、斬られて時が経ってよれた首の皮が残酷なまでに知らしめている。

吐き気を堪えるのに必死だった。

時が経って薄緑色になった骸は、魚の腸《はらわた》を集めて潰したような匂いを容赦なく放ち、信繁の鼻腔《びくう》を汚し続けている。骸は褌《ふんどし》一枚で手足を広げたまま、砂の山の上に寝かされていた。

兄の前にも同じように砂山が築かれ、骸が寝かされていた。それを見つめる兄は、骸と同じような青い顔をして震えている。吐き気を堪える信繁よりも、兄のほうが事態は深刻なようだった。庭に連れてこられ、骸の前に立たされてからというもの、ずっと激しく肩を震わせている。少しでも気を抜けば、朝食べた物をすべて砂山に浴びせてしまいそうだった。

「試せ」

父の声が信繁を思惟から呼び覚ます。熱を帯びているくせに、どこか冷たい。そんな父の声が信繁は嫌いだった。

試せという意味を、信繁は計りかねた。父の手には抜き身の太刀が握られたままだ。

「其奴《そやつ》等は敵の大将じゃ。が、首を失《うしの》うてしまえば罪人となにも変わらぬわい」

そう言って父は太刀を手にしたまま天を仰いで、卑《いや》しい笑い声を上げた。兄弟を囲むようにして居並ぶ家臣たちは、そんな父の姿をなんの情も籠らぬ顔で眺めていた。

元服すら終えていない信繁は知っている。

家臣たちは父のことを嫌っているのだ。

父は強い。

甲斐国は山に囲まれた窪地に集落が点在し、国人たちが割拠している。そのため昔から国人たちの間で争いが絶えず、長年守護として甲斐の地を領している武田家ですら、彼等を抑えつけることは叶わなかった。父の四代前の信重《のぶしげ》などは、甲斐の地を追われ二十年あまりも諸国を放浪するという不幸に見舞われている。

そんな甲斐を父は力でねじ伏せた。戦の強さで国人を従え、甲斐一国の掌握を果たしたのである。

甲斐を手に入れた父の欲は、隣国へとむいた。信濃や駿河へとしきりに兵を進め、戦に明け暮れている。

兵を出すのは家臣である国人たちだ。みずからの治める土地から男たちを集め、戦の度に米や銭を浪費する。

それでも父に仕えるのは、戦が強いという大きな利があるからだ。強い国主がいれば、甲斐は攻められない。敵領への侵攻にさえ耐えていれば、国許は平穏なのである。だから、家臣たちは父のことを悪しく思っていても、逆らうことはしない。

逆らわないから……。

こんな蛮行すら許してしまう。

「太郎《たろう》っ！」

父が兄の名を呼ぶ。

目をうるませる兄の肩が激しく上下した。

立ち上がった父が抜き身の太刀をぶら下げたまま、縁から飛び降りる。家臣たちは眉ひとつ動かさない。

「信虎様」

耐え切れずに声を上げたのは兄弟の母だった。縁の上から己が背に手を伸ばそうとする母のことなど父は見もせずに、真っ直ぐ兄の元へと歩いて行く。

「御止め下され。太郎が嫌がっておりまする」

「女は黙っておれ」

見開くと零れて落ちるのではないかというほど、父の眼は大きかった。ぎらつく白目の真ん中にある瞳は上下の瞼から完全に離れているから、射竦《いすく》められると息が止まるほどの圧を感じる。そんな父に見下ろされ、兄は蛇《へび》に睨まれた蛙《かえる》のごとき様子であった。真っ青な顔が脂汗でびっしょりと濡れている。もしいま大きな音でもしようものなら、その場に腰から崩れ落ちて、気を失ってしまうのではないかと、弟でありながらも心配してしまうほどの狼狽ぶりであった。

「ほれっ！」

わざと声に圧を乗せて、父が兄の面前に太刀を突き出した。柄《つか》を握る父の拳が、兄の鼻先に触れそうである。傍目《はため》から見ていると、まるで兄を殴ったかのような動きであった。

「手に取れ」

「い、いや……」

握った両の拳を顎の下あたりで震わせながら、兄が口走る。拒絶の言葉というよりは、声をかけられ思わず発したという様子だ。しかし、父はそうは取らなかった。

「なんじゃと。儂が太刀を取れと申しておるに、否《いな》じゃ言うたか」

「御館様」

父の肩を重々しい声が叩く。声の主を知る父は、振り返ることもなく言葉を投げた。

「傅役は黙っておれ、板垣」

声を投げたのは、兄の傅役である板垣信方である。嫡男の傅役を務めるほどであるから、重臣のなかの重臣だ。そんな板垣を、父は悪しざまに制して兄をにらむ。

「ほれ、取らぬか」

太刀を突き出した拍子に、兄の鼻に拳が触れた。

「いっ」

兄は顔を伏せて掌で鼻を覆った。そのか弱い様が、父の嫌悪を掻き立てる。

「触れただけではないか。痛《いと》うは無かろうに、そうしてわざとらしゅう痛がってみせるのは、儂への当てつけか」

「信虎様、太郎はそのような……」

「女は黙っておれと申したのが聞こえなんだかっ」

肩越しに怨嗟《えんさ》の視線を浴びせながら、母を怒鳴りつけた。父の怒気が、庭を凍り付かせる。皆が静まり返り、母が目を伏せたのを確かめてから、父はふたたび兄へと顔をむけた。

「取れ太郎。取らぬまで終わらぬぞ」

父の威《おど》しに震える兄は、鼻から放した両手を掲げた。邪悪な笑みを浮かべる甲斐の国主は、兄の手に太刀を握らせると、黒々とした掌で兄の手を力強く包み込む。

「こは無銘じゃが、儂の見立てでは名のある刀鍛冶《かたなかじ》の影打ちじゃ。振り上げて、そのまま振り下ろせばひとつ胴なら容易く斬れるわ。良いか太郎。手の内じゃ。手の内が肝要ぞ。力任せに振れば、砂山にめり込んで刃毀《こぼ》れして研ぎ直さねばならぬ故、しかと塩梅《あんばい》いたせよ。わかったな」

優しく諭しながら兄の手を握りしめている父は、楽しそうに笑っていた。その面前で太刀を握りしめる兄は、目に涙を溜めながらぼんやりとうなずいていた。従わなければ殺される。強烈な恐怖が、兄を従順な人形へと変えているようだった。

「やれ」

兄の手から手を放し、父が震える背を叩いて身を退いた。後方に退いて、兄が砂山へとむかうのを見守る。

兄の動転は火を見るより明らかだった。

柄を握る手にくっきりと筋が浮き出ている。力一杯握っているのだ。恐らく父への恐れから、我を失っている。柄を握りしめていると満足に振れない。あのまま振り上げれば、肩から背筋、足腰にいたるまで全身に力が入ってしまう。振り下ろしたところで、刃が満足な速さを持てないから、骸を斬ることは叶わないだろう。

「兄上、力を……」

信繁は思わずささやいていた。恐れて震える涙目の兄には聞こえていない。

父と目が合った。

兄をおもんぱかる弟を見る父の目ではなかった。

無用なことはするな……。

眉根を寄せて信繁をにらむ父の真っ黒な瞳から、そんな言葉が聞こえて来るようだった。

「ふっ！」

気迫とともに兄が太刀を振り上げた。切っ先が天を突く。大上段から振り下ろすには、もう少し太刀を寝かせたほうが良い。あれでは勢いが乗らない。

太刀を真っ直ぐに振り上げたまま兄が固まった。

震えている。

「ひっ、ひぐっ、ふぐっ」

泣いている。

骸を見下ろし洟を啜《すす》る兄は、太刀を振り上げたまま切っ先の行方《ゆくえ》を見失っているようだった。あのまま振り下ろしても斬れない。第一、兄はどうやら骸に刃を浴びせること自体に恐れを抱いているようだった。だからといって、父が恐ろしくて太刀を下ろすこともできずにいる。

八方塞がりのままどうして良いのかわからずに、兄は固まって泣いていた。

「はぁ」

庭じゅうに聞こえるように父がわざとらしい溜息をひとつ吐いて、兄の背後に近寄った。そのまま捥《も》ぎ取るようにして太刀を奪い取る。

無言のまま兄を一瞥してから、太刀を右手にぶら下げ信繁へと近づいてくる。

胸が早鐘《はやがね》のように鳴っているのがわかった。全身が心の臓になったような心地に信繁は襲われている。

兄の醜態を見ていたが、だからといって己が満足に父の望みを叶えることができるかどうかはわからない。骸を斬るなどという経験などあるわけがない。武芸の修練の際に、乾いていない竹を斬った程度である。

「次郎」

先刻、兄にかけたよりも幾分穏やかな口調で父が名を呼ぶ。

「取れ」

太刀が面前に掲げられた。父の拳はどれだけ顔を突き出してみても、鼻先に当たりはしない。

「はい」

静々《しずしず》と答え、心の動揺を気取《けど》られまいと伏し目がちになりながら太刀を取る。

「迷わず振れば斬れる。御主にはそれだけ言えばわかるな」

「はい」

柄を軽やかに握る。びっしょりと濡れていた。兄の汗だ。

恥はかかせられない。
手を放して衣で拭《ぬぐ》えば、兄はこれ以上の恥をかいてしまう。
滑らぬように願いながら、信繁は太刀を手に砂山へと足をむけた。
薄緑色の骸をにらむ。
臭い。
ゆるりと太刀を振り上げる。
父の言葉を思い出す。
迷わず振れば斬れる。
迷わせているのはいったい誰だ。
父ではないか。
兄と己を争わせ、いったいなにを望んでいるというのか。
予測は付いている。そして、心に浮かぶ父の思惑に嫌気がさす。
兄は兄……。
己は弟……。
生まれた時に信繁の定めは決まっているのだ。
抗うつもりなどない。

「ふっ」

気合とともに振り下ろす。

手応えはなかった。だが、骸は真っ二つに割れていた。

腹から洩れ出した腸が、先刻までよりも濃厚な悪臭を放っている。もはや魚の腸などという生易しいものではない。幾日も生暖かいところに放置した糞《くそ》が腐った匂いである。

否応なく腹からせり上がってくる物を、喉の付け根に力をこめて押し留めた。

「見事じゃ次郎っ！」

嬉々《きき》とした声で言った父の背後で兄がうずくまって吐いている。

「この分では嫡男の件をもう一度考え直さねばならんな」

悦に入りながら語る父の顔が、信繁にはこの世で一番汚らわしい物に思えた。

「おい典厩っ！」

堂々とした兄の声が信繁を幻影から呼び覚ました。

兄は先刻まで構えていた棒を右手にぶら下げ、直立している。

「隙だらけにも程があるぞ。それではさすがに儂でも打てん」

信繁は両手に棒を握ってはいるのだが、躰からは気が完全に抜けきっていた。

「なんじゃ眠いのか。久しぶりに兄弟水いらずで立ち合《お》うておるというのに、御主は眠いと申すのか。え、典厩。御主はそんなにつれない弟であったのか」

「兄上」

「儂の申したことに答えろよ。なんじゃ、そのなにか問いたそうな顔は」

馬鹿らしくなって棒を右手だけで持って構えを解く。

「構えろ。まだ勝負は終わっとらん」

「幼い頃に父に据え物斬りを命じられた時、兄上は震えて泣いておられましたな」

「おまけに御主が斬ったあと、げぇげぇ吐いたな」

言って兄は豪快に笑う。

「父が去ってからというもの、幾度も兄上と立ち合いましたが、某は一度も勝ったことがない」

「強いからな儂は」

嬉しそうに胸を張る兄をそのままに、信繁は問う。

「幼い頃の兄上といまの兄上。いずれの兄上が真の兄上なのでござりましょうや」

「おい典厩」

棒を杖代わりにした兄が、左手を腰に当てて弟を呆れ顔で見る。

「御主、年はいくつじゃ」

「御存知であられましょう」

「儂の四つ下じゃ」

兄は四十一。お互いうんざりするほど長い間、兄と弟をやってきた。

「三十七にもなって、真の兄上はどちらかなどとたわけたことを申すな」

「しかし幼い頃の兄上は」

「どちらも儂じゃ」

言い切った兄が、棒で力強く地を突いた。

「骸の前で震えておった儂もたしかに儂じゃ。父の言いなりになりたくなかった。それ故、己が想いに従ったまで」

信繁は小首を傾げる。

「儂はまだ元服も済ませておらなんだのだぞ。あのようなものを見せられたら気持ち悪かろうが。御主も本心では気持ち悪うてたまらなんだのであろう」

たしかにすぐにでも吐いてしまいそうだった。

しかし父の前だった。

嫌われまいと必死に平静を装っていたが、本当は逃げ出したくてたまらなかった。

「あのような気持ち悪い物、儂は良う斬らんわい。いま斬れと言われても、絶対に斬らん。思い出しただけでも、あぁ気持ち悪い」

言って肩を震わせる。

「しかし父上に」

「儂は父の玩具《おもちゃ》ではない」

兄の言葉が信繁の心のど真ん中を射貫いた。

父の玩具……。

そう言われると己はどうか。兄より目をかけられている。武田家の嫡男は兄ではなく信繁がむいていると家臣にも広言している父の期待に背きたくない。

信繁は父の顔色ばかり気にしていた。

兄は違う。

幼い頃から兄は兄だった。父になんと言われようと己の心に正直だったのである。

だから父は兄を嫌ったのだ。

己の思うままに動かない兄が、父には理解できなかったのだろう。己に刃向う者は力ずくで頭を押さえつけるしか術を知らなかった父である。どれだけ悪しざまに罵ろうと、遠ざけようと、弟を贔屓《ひいき》しようと、己を曲げない兄のことが理解できなかったのだ。

信繁は父を見ていた。

しかし父は。

ずっと兄を見ていたのだ。

兄を見て、恐れ、遠ざけた。

子供のころから兄は、あの鬼のごとき父と対等な場所に立っていたのである。同じ男として、五分の地平に立って物事を見ていたのだ。

そして兄は勝った。

国人たちの後押しを受けて、父を国外へ追放し、武田家の家督を捥ぎ取ったのである。

信繁に異存はなかった。

元より兄の上に立つなど考えても見なかったのである。どれだけ父が信繁に肩入れしようとも、兄を出し抜くつもりはなかった。

いや。

どれだけ兄が父の前で醜態を晒そうと、心のどこかで信繁は悟っていたのかもしれない。

兄には敵《かな》わないことを。

そう考えると、思わず笑みがこぼれる。

「駄目じゃ。なにをやっても逆立ちをしても勝てぬわい」

うつむいてつぶやく。

「なんじゃ、まだ勝負はついておらんぞ」

棒を構えなおした兄がいきり立つ。信繁はそんな子供のような兄の前に、棒を放り投げる。

「やらずともわかっておりまする。某の敗けにござる」

「まだ御主を打ちのめしておらんっ！」

「痛い目に遭うのは懲《こ》り懲《ご》りでござる」

「棒を取れ」

「取りませぬ」

四十を過ぎた男とは思えぬ子供じみた物言いをする兄と呆れ顔で対峙する信繁は、背後に感じた気配に肩越しに目をやった。

右足を引きずりながら男が庭を歩いて来る。足を前に出す度に杖を突く姿に、いっさいの隙がない。足が不自由でありながら、それでも信繁はこの男に襲い掛かる気になれなかった。

「なんじゃ菅助」

兄が男の名を呼んだ。

山本菅助。

足軽大将である。

菅助は足軽大将以上の寵愛《ちょうあい》を兄から受けていた。明国の軍配者ともいえる軍師などという名で菅助のことを呼び、側近くに置いている。

「これはこれは兄弟水入らずのところを、御邪魔いたして申し訳ありませぬ」

言いながら菅助が深々と頭を下げる。

「なにかあったか道鬼《どうき》」

信繁は菅助の法名を呼んだ。兄が出家する際、菅助もともに仏門に帰依し、道鬼という名を得ている。

「いやはや、その名にはいっこうに慣れませぬ。どうぞ菅助と御呼びくだされ。そのほうが躰に馴染みまする」

老いてかさつく禿頭をぺろりと撫でて、菅助が笑む。元から左目が塞がっている。菅助の左の瞼の上に走る傷痕も、笑みの形に歪んだ。

「なにをしに参った」

さっきまで緩みきっていた兄の顔が引き締まり、声に剣呑な気配が滲んでいる。目の前の菅助は、普段と変わらぬ茫洋とした物腰であるのだが、謀臣《ぼうしん》の言葉遣いや挙措《きょそ》のどこかに兄はなにかを感じたのであろう。

菅助は顔に笑みを張り付かせたまま、兄に陰鬱な声を投げる。

「上杉政虎が動きました」

「ふんっ！」

兄が吐き捨てる。

右手の棒で地を打つ。

「なにが上杉政虎じゃ。越後の守護代風情《ふぜい》が良い気になりおって。主を飼い殺しにしただけでは飽き足らず、関東管領をも抱き込みおって」

越後守護上杉定実《さだざね》は、政虎の元で有名無実の存在として生かされていたのだが、後継もなく没し、越後上杉家は途絶えた。

「すでに政虎は信濃との国境を越え、上信濃に進軍。妻女山《さいじょざん》に布陣したとのこと」

「妻女山だと」

「左様」

「そうか妻女山か」

棒を持ったまま手を腰にあて、兄がうなる。

無理もない。兄がうなった訳を、信繁もわかっている。

妻女山は上信濃、川中島の南方深くに位置しており、武田家の上信濃支配の拠点である海津《かいづ》城の南西にある山だ。

いわば政虎は、敵の領内深くに入り込んで陣を布いたのである。

これまで三度、兄と政虎は川中島で刃を交えていた。その三度とも、越後から南下してきた政虎は、己に味方する上信濃の国人衆の領内に布陣し、武田家と対峙してきた。しかし今回は、武田家の領分にみずから足を踏み入れ腰を据えたのである。

「敵は」

「一万三千ほどであると報せが入っております」

「海津城には」

「三千」

兄の短い問いに、菅助が的確な答えを提示する。

「海津城の背に付かれたということか」

「左様」

「ふふふ」

笑う兄の右手の棒が、小刻みに地を突く。

「政虎めは、もちろん善光寺にも兵を配しておるのであろう」

まるで見て来たかのように兄が問う。

「五千」

「小賢しい奴よ」

一定の調子を刻み、棒が地を突く。

「菅助っ！」

「は」

「皆を集めよ。評定じゃ」

言った兄が、信繁が放った棒の上に、己の棒を投げ捨てた。

「帰って来てから、もう一度勝負じゃ」

弟にむかって笑う顔は、兄のものではなく武田家の惣領のそれであった。

「ぼけっとしておる暇はありませぬぞっ！」

並み居る重臣連中を掻き分けて怒号が轟く。若く瑞々《みずみず》しいその声を聞いた信繁は、思わず口角を吊《つ》り上げた。好ましい雄々しさである。弟の心持ちと同調するかのように、上座の兄も笑っていた。

「五月蠅《うるさ》いぞ源四郎《げんしろう》。そのように叫ばずとも皆に聞こえておる故、安心せよ。儂の前に座っておる御主の兄が、梅干しでも喰うたのかと思うほど顔をくしゃくしゃにしておるぞ」

主の言葉に一同がどっと沸く。たしなめられた若き侍大将は、肩をすくめてぺこりと頭を下げた。

飯富《おぶ》源四郎昌景《まさかげ》。

家老衆、飯富兵部少輔虎昌《ひょうぶのしょうゆうとらまさ》の弟である。虎昌よりも武勇に勝り、信玄の近習として仕えていたが、戦功を重ねて侍大将の地位をみずから捥ぎ取った。

たしなめられて退き下がるような行儀の良さは源四郎にはない。一同の笑いがひと段落するのを見計らって、なおも主に食い下がる。

「すでに越後勢は川中島を縦断し、妻女山に陣を布いておるのでござりましょう。このようなところで悠長に評定などしておる暇などありませぬっ！　一刻も早《はよ》う信濃に兵を進め、上杉政虎を血祭に上げましょうぞ！」

「だから、叫ばずとも聞こえておると申したであろう。ほら兄が泣くぞ。御主の大声に驚いて泣き出すぞ」

「なっ、泣いておりませぬ」

源四郎の兄、虎昌の焦りからの言葉に、ふたたび皆がどっと笑う。

源四郎の言う通り、敵はすでにこちらの領分に踏み込んで陣を張っている。今も敵陣の目と鼻の先にある海津城の三千人は、いつ攻め寄せて来るかもわからない敵を前に眠れぬ夜を過ごしているはずである。しかし、甲府の兄の居城、躑躅《つつじ》ヶ崎館《さきやかた》に集う男たちには、戦を前にした悲壮感など微塵《みじん》もなかった。

兄の所為である。

どれほど切迫した状況であろうと、肩の力が抜けているのだ。砥石城を攻めて村上義清に討ち負かされた時も、大敗した上田原で敵のいない戦場に留まっている時であろうと、兄は気張ることはなかった。

そんな兄の姿勢が、重臣たちを安堵させている。主が笑っているから、どんな時でもなんとかなるような気がするのだ。実際、へらへらと笑いながら、兄は信濃の大半を手中に収め、父の頃よりも版図を大きく広げている。

父は恐れで家臣たちを縛りつけた。

兄は笑顔で家臣たちを結集させた。

「さてさて、どうしたものかのぉ」

胡坐の膝に肘を突き、掌に顎を乗せながら兄が溜息混じりに言った。

「笑ってはみたが、源四郎の申す通り、敵は川中島の奥深くまで侵入してきておる。あの越後の堅物も、此度ばかりは本気らしいわい」

諸国から届く上杉政虎という男の噂を聞くと、兄が言う通り、堅物であろうという想いを信繁も抱かざるを得ない。将軍家の覚えも目出度《めでた》く、五千もの兵を率いて上洛を果たし、関東管領上杉家の名跡を継いで、大義名分によって関東を治めようとしている。権威において世は治まると考えているような者は、堅物以外の何物でもなかろう。兄という男を間近で見て来たからこそ、信繁は心の底からそう思う。

「奴の所為で儂は佞臣呼ばわりよ」

兄が口をへの字に曲げる。

越後との和睦を条件に、将軍足利義輝は兄を信濃守に任じた。しかし政虎は、兄が和睦を無視して上信濃支配を進めていると将軍に耳打ちした。和睦を反故《ほご》にして我欲のために信濃を掌握せんとする兄は、幕府に仇なす佞臣であり、政虎はそれを討つ忠臣であると将軍は言うのだ。

兄を信濃守に任じたのは当の将軍ではないか。信濃守の務めは、信濃国の安寧に努めることである。信濃一国を満足に治めるために、己に従わぬ者たちを排除しているという大義名分が、武田家にはあるのだ。

佞臣呼ばわりは不当だという想いは、家中の誰もが抱いている。

「どう思われるか大熊殿」

掌に顎を乗せたまま、兄が家臣のなかでも一際厳《いか》つい男の名を呼んだ。大熊朝秀という名のこの荒武者は、越後から降ってきた男である。元は上杉家の重臣で、兄の調略によって居場所を失い、武田家の臣となった。

「上杉政虎は、御館様が川中島に来るまで動きますまい」

源四郎に負けず劣らずの大声で、朝秀が断言した。若い源四郎は腹に力を込めて、意図して声を張っていたが、朝秀のそれは平素からのものである。腹の分厚い肉に気迫が籠って、自然と声が大きくなるのだ。だから兄も、朝秀の声は咎《とが》めない。掌の上の顎を何度か小さく左右に振ってから、朝秀の顔をじっと見つめ、朗らかに問う。

「海津城は目の前だぞ。しかも背を取っておる」

武田家の上信濃侵攻の要である海津城は、盆地になった川中島の南に位置している。北から侵攻してくる敵に備えて築城されているため、北にむかって備える縄張りとなっていた。自然、南西に位置する妻女山には、後背を晒すような形となる。

「敵は一万三千、海津城の兵は三千じゃ。それでも政虎は動かぬか」

「動きませぬ」

朝秀は断言した。

「さすがは長尾景虎の懐刀であった男よ。言葉に迷いがない」

兄はわざと朝秀が家臣であったころの政虎の名を口にした。肩越しに見る信繁の目がとらえる朝秀は、眉ひとつ動かさず泰然として主の言葉を受け止めている。なにを言われようともはや己は武田の臣であるという確固たる想いが、朝秀に微塵の動揺も生じさせていない。

「聞かせてくれ大熊。上杉政虎はなにを考えておる」

「御館様との戦。あの男は、それのみを求めておりまする」

「なんじゃそれは」

兄の目が丸くなった。

「儂と刃を交えられればそれで良いというのか」

「左様」

「子供ではないか」

「あの男は童でございます」

「そうか童か。がはははは」

兄は大声で笑った。かつての敵を重臣として取り立て、その言を信じて大笑する兄も、信繁の目から見れば立派な童である。

もしかしたら兄と政虎は似た者同士なのかもしれない。

似ているからこそ呼び合う。上信濃の覇権を争う戦などという大層な御題目はたしかにあるが、似た者同士が呼び合っているという単純なところでこの戦は行われているのかも知れないと信繁は夢想する。

「三度も肩透かしを食らい、今度はちゃんと遊んでくれと、童が言うておるか」

にこやかに言った兄の言葉に、大熊が勢いこんでうなずく。髭面の真ん中にぽっかりと空いたふたつの大穴から激しい息を吐き出しながら、上座の兄を見据える姿は、昔からの武田の臣のごとき堂々とした振る舞いであった。

「餓鬼が相手の喧嘩ならば話は早うござるっ！　さっさと出陣し、妻女山を背後から襲いましょうぞっ！」

「こら源四郎。声が大きいと申したのをもう忘れたか」

いきり立つ若武者をたしなめ、兄は顎を乗せた掌で髭を擦り上げる。ごわついた黒い物のなかに白い物が混じっていた。齢四十一。頭を丸め信玄などという厳めしい法名を得てもなお、童の心根を持ったまま、兄は武田家に君臨している。

「菅助」

兄が目だけで軍師を見た。

熱を帯びた家臣たちのなかに影がくぐもっている。黒衣に身を包んだ小男は、みずからの存在を消そうとでもしているかのごとく背を丸めてうつむいている。己の名を呼ばれても肩ひとつ動かそうとしない。

「敵はこちらの懐深く入ってきたぞ。どうする」

先刻、菅助からもたらされた報せを、兄はそのまま問いにして返した。菅助ははじめて聞いたといわんばかりの素振りで背筋を伸ばし、上座にむかって暗い声を吐いた。

「大熊殿の申される通りであると存じまする」

「やはり越後の童は儂と刃を交えるのを所望《しよもう》しておるか」

毘沙門天の化身、越後の龍などという大層な異名を持つ政虎も、兄にかかれば越後の童である。兄の言葉に家臣たちの笑い声が重なるが、菅助は追従《ついしよう》の笑みなど浮かべもせず、塞がった左の瞼をわずかにひくつかせ言葉を継いだ。

「これまでの川中島の戦においても、敵は御館様が動くのを待っておりました」

「はじめから儂と戦うことを望んでおったのか政虎は。いったい奴は儂のなにがそんなに気に入ったのかのぉ。もてる男というのは面倒も多いわい」

「まったくでござりまするな」

「おい虎胤《とらたね》。もてぬ御主にもてる男のなにがわかる」

相槌《あいづち》を打った原《はら》虎胤に、兄がすかさず返すとその間の良さに皆が笑う。敵に攻め込まれた戦評定《いくさひょうじょう》であるのだが、信繁はついついそれを忘れてみずからも頬をほころばせてしまっていることに気付き、首を横に振って己を律する。

和やかな雰囲気のなかでも、菅助は一人冥府の亡霊のごとき陰気な気配をまとい、男達のなかにたたずんでいる。ひとしきり笑いが収まるのを待ってから、黒衣の軍師は淡々と語り始めた。

「先の戦の折、敵の陣所を攻めようという声を某が収め、兵を動かさなんだことがありましたな」

信繁も覚えている。二度目の戦の時だ。善光寺の堂主、栗田家が籠った旭山城を、政虎が攻めた時のことだ。武田勢は、旭山城の麓《ふもと》、善光寺平に布陣する政虎と川を挟んで睨み合った。小競り合いはあったが、五ヵ月もの滞陣の後、今川義元の調停によって互いに兵を退いた戦である。

あの時、たしかに菅助は敵を攻めようという家臣たちの言上《ごんじょう》のことごとくに首を振った。敵は待ち構えている。動いたら敵の思う壺であると兄を諭して、厳として兵を動かさせなかった。

「あの時より、政虎は御館様との戦を待っておるのです」

「儂と戦いたいがために旭山城を囲んだまま動かなんだということか」

「此度の布陣も、御館様を待ち受けるためにござる」

「あの手この手で儂の気を引いておるのか。健気《けなげ》なことよな」

またも皆が笑う。しかし今度は皆の笑い声には乗らず、兄は菅助を真顔で見つめていた。

「さて、どうする」

「此度の布陣。敵は覚悟を決めておりましょう。今回の戦のために、敵は関東管領となり将軍から武田追討の許しを得たのです」

「今回は見過ごすわけにはいかんということか」

「左様」

「幸綱」

菅助の隣に座る上信濃の国人に、兄が声をかける。この男も菅助同様、兄が軍師として働くよう声をかけた男であった。陰鬱を常とする菅助とは違い、普段は陽の気配を有する男である。対する時も闇を感じさせることはない。だが、人を見るその瞳の奥に揺らめく闇は、菅助が総身から放つそれよりも暗いと、信繁は常々思っている。

「其方はどう思う」

「山本殿が申される通りであるかと存じまする」

「菅助と同じです。某の言い分はござりませぬ。それでは務めを果たしておらぬぞ」

「左様なことを申すつもりはありませぬ」

快活に答える幸綱を見る皆の目には、菅助を見る時のような鬱々とした色はない。

皆の視線を気にせず、幸綱は背を丸める同朋の隣で胸を張る。

「いまや政虎は関東管領上杉家を襲名し、佐竹《さたけ》、小田《おだ》、宇都宮《うつのみや》などの関東諸将とも好《よしみ》を通じ、信濃支配にもその権を行使する立場を得ておりまする。大義は敵にござりまする。武田は佞臣。国を乱す奸賊《かんぞく》である。諸国の者はそう思うておりまする。そはすべては政虎の仕組んだことにござりまする」

果たして。

幸綱が言うほど、政虎は深謀遠慮《しんぼうえんりょ》を張り巡らして敵を絡《から》め取るような男なのか。大熊が語った童のような男と、いま幸綱が語っている者の姿が信繁のなかで重ならない。しかし、幸綱が言っていることは事実である。たしかに武田家は政虎の関東管領襲名と将軍による武田追討の許諾によって追い詰められているといえた。

「川中島でにらみ合いを続けておる間に、敵は関東管領という立場を利用し、じわじわと周囲を固めてまいりましょう。気付いた時には周りは敵だらけ。そうなった後では遅うござる。管領就任直後という今が、好機であると存じまする。今のうちに上杉を叩き、力で上信濃を奪い取る以外に、武田家の生きる道はござりませぬ。幸い、山本殿や大熊殿が申される通り、敵は御館様と刃を交えることを望んでおりまする。此度の一戦に命運を賭ける。その覚悟で臨まれるが肝要であるかと存じまする」

「語れと言ったら、良うしゃべるのぉ御主は」

幸綱の言葉を聞いている時は引き締まっていた家臣たちが、兄の言葉ひとつで一気に緩んだ。幸綱は抗弁するつもりはないのか、苦笑いを浮かべている。

「さて」

兄が掌から顎を放して、手を打った。景気の良い乾いた音が広場にこだまする。

「どうやら此度は大戦になりそうだの」

このひと言で、家臣達は出陣の覚悟を決めた。

「色々と考えておっても仕方あるまい。敵は戦好きの餓鬼じゃ。儂にはとんとわからぬわい」

わざとらしく首を左右に振りながら、歪めた面の皮に嘲《あざけ》りをにじませる。

「領地を欲せずに何故戦う。将軍家、管領、それがなんじゃ。大義名分で飯が食えるのか。儂はいままで喰うたことがないわい。越後ではそんな霞みたいな物を喰うておるのか。旨いのか。どうじゃ大熊」

「某も喰うたことがござりませぬ」

「そうじゃろう。国衆を助ける。公儀の筋目を正す。そんなことのために、大事な家臣や兵に血を流させるなど儂には考えられん」

言って兄が胸を叩いた。

「戦は喰うためにするものじゃ。奪うためにするものじゃ。甲斐の地は山に囲まれておる。作物も取れん。だからこそ、持てる者から奪う。儂等が生きるためじゃ。奪うために血を流すは道理ぞ。筋目や大義名分のために流す血とは違う。政虎一人が戦うなら良いわい。儂はなにも文句は言わん。だからと言って一騎打ちをしろなんぞ言われても、儂は断わるがな。そんな阿呆みたいなことに命を懸けるつもりは儂にはないわい」

広間を笑い声が包む。本音を隠さない兄の言葉に、誰もが心穏やかに聞き入っている。

「故に儂は上杉政虎の食えもせぬ戯言《ざれごと》に付き合うつもりはない。じゃが」

兄の目が殺意の色を帯びる。日頃緩みきっている兄であるが故に、気を引き締めると誰よりも恐ろしい。日頃から絶えず怒気を振りまいていた父などよりも何倍も恐ろしいと信繁は思う。

「儂は奴からすべてを奪う。儂は海が欲しい。北より来たる船が寄る港が欲しい。海があれば武田はまだまだ栄える。上信濃の後は越後じゃ。越後には誰がおる。大義名分ばかりを気にする堅物の童がおる。じゃから儂はその童を殺す。殺して奪う。それだけじゃ」

単純明快。

だからこそ兄の言葉は誰にでも伝わる。兄は己のためではない。甲斐のため、武田のため、家臣のため、民のために戦っているのだ。皆が腹を空《す》かさぬために、他者から奪う。

「儂の手は短い。足もさほど長くはないでな」

言って兄は両手を広げた。たしかに胴が太くずんぐりとした体格である。

「故に手の届く者が少ない。儂は手の届く者を守るために生きておる。手が届く者のために生きておる」

だからそれ以外の者から奪う。仏道に悖《もと》る考えかもしれない。上杉政虎は恐らくこんな兄の考えを忌避しているのだ。

しかし。

兄は己のために人の血を流させることはない。誰かと戦いたい。大義を果たすために犠牲を強いる。そんな愚かな真似はしない。

政虎は己のために戦っている。

人のため、誰かの苦境を救うためと口では言っておきながら、やっていることは我欲を満たす行いばかり。

兄が語る通り、理想や夢だけで人は生きてはいけぬのだ。食わねばならぬ。育てねばならぬ。故に奪うのだ。戦うのだ。

どちらを主と仰ぐのかと問われたら、信繁は迷いなく兄だと答える。決して兄弟だからというわけではない。公儀の力が国の隅々まで届かぬ不毛な世にあって、他者を傷付けなければ生きられないのならば、せめて他者のために戦う者の下に付きたい。

理想よりも先に皆の腹を満たすことを考える者を主と仰ぎたい。

　武田晴信は主たりえる男だ。

「やるぞ。天下万民の安寧などという言葉を平気で吐けるような者など、儂の牙で食い破ってやるわい」

「応っ！」

　男たちが右の拳を突き上げいっせいに吠えた。

　源四郎の声が一番大きい。

　泣いている。

「おい源四郎」

　雄叫びのなかでも兄の声は良く通る。右手を上げたまま源四郎が首を傾げた。

「小便我慢しておるのなら、早う行ってこい。泣くほど我慢しておると戦の前に躰を壊すぞ」

　主の言葉を聞かんと一瞬静まった場が、どっと沸き返った。

「敵わぬわ」

　信繁は目を伏せ、誰にも聞こえぬ声でつぶやいた。

甲冑《かっちゅう》に身を包んだ男たちが集っている。最前にひとり立つ兄は、皆に背を向け、手を合わせていた。

その視線の先には鎌倉の頃の大鎧と四角い白色の布に紅の円が染められた旗がある。

源氏には古来、重宝《じゅうほう》の鎧と呼ばれる物が八領《りょう》存在した。そのうちのひとつが甲斐源氏の祖、新羅三郎義光《しんらさぶろうよしみつ》が父より与えられた盾無《たてなし》の鎧である。いま、兄の前にあるのはその盾無の鎧であった。

日の丸の旗は平安の頃、東北で朝廷に反した安倍貞任《あべさだとう》の討伐を命じられた義光の父、源頼義《よりよし》が、時の帝、後冷泉《ごれいぜい》天皇から与えられた物である。頼義から子の義光に授けられ、武田家に伝わった。

御旗《みはた》と盾無。

武田家重代の家宝である。

出兵の折には、武田家の惣領は必ず御旗と盾無に武運を祈願することになっていた。

兄が両手を大きく広げる。信繁や家臣たちもそれに倣う。

二度手を叩く。そのまま真っ直ぐ家宝を見つめ、兄が腹に気を込めた。

「御旗盾無御照覧あれっ！」

気に満ちた声に応えるように、家宝がかすかに揺れたように信繁には見えた。

「御旗盾無御照覧あれっ！」

家臣達も続く。

皆揃って深々と頭を下げた。

兄が振り返る。

盾無とは違うが、兄も身軽な当世具足ではなく昔ながらの大鎧に身を包んでいる。従う若衆が掲げ持つのは、白い髪に角を生やした獅子の顔を付けた諏訪法性《ほっしょう》兜である。

「さて、越後の童退治じゃ」

気の抜けた声で言った兄が、腰に手を当て笑う。

それが兄のいつもの姿である。出陣という物々しいなかでも、己を崩さぬ兄に、家臣たちが喊声で応える。

信繁は声の続く限り吠えた。

この兄のためなら死ねる。信繁は武田晴信という男の弟として生まれたことを、この時ほど嬉しく思ったことはなかった。

伍　長尾越前守政景

方々から聞こえる虫の声に苛立ちを覚えながら、長尾越前守政景は燃える山を眺めている。

千曲川の流れのむこう。遠く北方に見える善光寺と、政景が陣する妻女山との連絡を隔てるようにして、敵が集っている。当地に詳しい者の話では、敵が陣を構えたのは茶臼山《ちやうすやま》というらしい。

その茶臼山が燃えていた。

大軍が灯《とも》す松明の炎が夜空を焼き、皆が寝静まる真夜中にみずからの存在を示している。

己はここにいるぞ。

甲斐の虎が夜空にむかって高らかに吠えているように政景には見えた。

「思惑通りに行かぬものよな」

妻女山の陣所はすでに不寝番以外の者は休息を取っている。誰かに聞かれる心配もないから、政景は気兼ねするでもなくつぶやいた。

海津城よりも南下して川中島の南端付近に位置する妻女山に布陣すると言い出したのは、主である。

主……。

心の底ではそう思っていない。

政景が真の主と定めた男は、今の主である政虎によって廃された。

政景の真の主は政虎の兄だ。

長尾晴景。

先代の長尾家惣領である。

上田長尾家の当主である政景は、晴景と政虎で二分された府内長尾家の争いの際、晴景についた。政虎の元にはもうひとつの分家である古志《こし》長尾家が与していたし、もともと晴景こそが長尾家の嫡男として惣領を継いだのだ。わざわざ晴景を惣領の座から追う必要などなかったのである。

しかし、晴景は病弱であった。

いっぽうの政虎は壮健そのもの。十五の時に初陣を果たしてから負け知らず。長尾家に反する国人衆と兄にかわって刃を交え、そのことごとくに勝利していた。

あまりの強さに、越後の国人をまとめられるのは、政虎しかいないと言い出す者が家中で多数を占めるようになった。二人の父であり、越後守護上杉家から実権を奪い、越後の大権を行使する身となった為景《ためかげ》ですら成し得なかった越後一国の統一という夢を、政虎ならば叶えることができるのではないか。

本庄実乃や直江実綱らが先頭に立ち、政虎を長尾家の惣領にしようとする動きが活発になっていった。

兄は優しい気性であった。弟と争うことを嫌い、みずから身を退いた。

政景は不満であった。

何故、筋目を違《たが》う必要があるのか。政虎が戦に天賦の才を持つというのなら、当主である兄を支えて弓を持てば良いだけの話である。長尾家による越後統一という大業を、兄の元で果たせば良いではないか。甲斐国では信玄の弟である信繁は、父に重用され、兄の廃嫡《はいちゃく》もありうるという噂まで立ちながらも、信玄を支え、兄弟手を携えて父を隣国駿河に追放したという。いまなお信繁は、兄、信玄の懐刀《ふところがたな》として武田家の要となっている。政虎にもそういう道があったはずではないか。晴景は病弱なのだ。いつかは家督を譲ることになるだろう。兄を追い出すようにして奪うことはなかったではないか。

政虎にはたしかに戦の才がある。

しかしそれがなんだというのか。たまたまいままで大きな敗けを知らなかっただけである。

この戦で敗けるかもしれないではないか。現に、敵は政景の予測とは違う動きをしている。

政虎が妻女山に陣を布くと言った時、政景は海津城を救援に来る敵をいち早く迎え撃つ布陣だと見た。いまもその考えは変わらない。敵を川中島に入れる前に叩く。決戦を望む政虎は、一気に勝負を付けるつもりだと政景は見ている。

だが、敵は思惑通りに進まなかった。

妻女山と海津城を大きく迂回《うかい》し、善光寺との連絡を絶つ格好で茶臼山に入ったのである。東の海津城と西の茶臼山で、北の善光寺と南の妻女山の線を分断する配置だ。

これで政虎は迂闊《うかつ》に動けなくなった。

味方の別動隊がいる善光寺と合流するために北上しようとすれば、千曲川を渡河する隙を東西の敵に狙われる。こちらより数が少ない海津城を攻めようと動けば、一万は優に超えているであろう茶臼山の信玄が背後を突くことになるだろう。

決戦は遠のき、越後勢は敵中深く切り込んだまま動きを封じられてしまった。

「なにが毘沙門天ぞ」

すべてを見透かしたような政虎の涼やかな顔を脳裏に思い浮かべながら、悪しざまに吐き捨てる。

「義兄上」

いきなり聞こえた声に、不意に肩が上下する。不覚。止められなかったことに、心中で己に舌打ちした。

平静を装いながら、ゆっくりと顔だけで振り向く。

上杉政虎が供の者も連れず立っていた。

「眠れませぬか」

肩越しに主に言葉を投げる。

「いや」

甲冑を着けたまま、政虎が近づいて来る。いまやこの男は、主というだけではない。義弟なのである。政景の妻は、政虎の姉であった。

政略である。

政虎に背いた。

敗れはしたが、政虎は和睦の証《あかし》として己の姉を差し出したのである。政略で夫婦になったとはいえ、妻との仲は悪くはない。妻は政虎の姉であるだけでなく、晴景の妹でもあるのだ。晴景の妹だと考えることで、政虎への悪しき想いとは切り離している。

「義兄上のほうこそ眠られませぬか」

「眠るつもりなら酒でもかっ喰らって床に就きまする」

政景の言葉を聞きながら、政虎が隣に静かに立った。秋の風に、仄《ほの》かに香の匂いがする。政虎の身から漂ってくる匂いだ。

「祈っておったか」

「務めでござりまする故」

御主はいったい何者なのかという問いが、喉を奥まで昇ってきたのを鳩尾《みぞおち》に力を込めて飲み込んだ。政虎の務めは勤行《ごんぎょう》ではない。坊主でいたいのなら、寺に籠って経でも読んでいれば良いのだ。

政虎は武士である。越後一国の主だ。いや、いまや関東の筋目を糺《ただ》す管領という立場にある。

全身から香の匂いをさせて、勤行を平然と務めであると宣《のたま》う者が、関東武士の頂に立つというのも滑稽な話ではないか。

己とこの男は、どうしてここまで差がついてしまったのか。

政景は己の定めを呪う。

上田長尾家ではなく、府内長尾家に生まれていれば。義父、為景の息子として生まれていれば、政虎などに遅れを取るようなことはなかった。兄、晴景を支え、政虎の増長を許さず、長尾家を守り立てて行けたのだ。そうなっていれば、政虎はあくまで己の弟である。還俗《げんぞく》などさせず、本庄実乃が己の居城である栃尾城に招き入れることも許さなかった。

そこまで考え、胸に刺すような痛みを覚える。

果たして政景の思うままになっていたとして、いまの上杉家の隆盛はあったであろうか。いまや府内長尾家は存在しない。関東管領山内上杉家へと変じている。越後の守護代家が、関東管領の家督を継いだのだ。

それもこれも政虎という男がいたからこそ。

認めたくはない。認めたくはないが、それは事実である。

こうして政虎の姉を妻として迎え入れて上杉家の一門衆として生きていられるのも、戦に敗けた政景を義弟が許したからではないか。許しただけではなく、一門衆として己を支えてくれと言って春日山城に招き入れたからではないか。

敗けたのだ。

言い訳はできない。

それでも……。

この男の前では、強者《つわもの》でありたかった。四つ上の義兄としてではない。ひとりの男として、上杉政虎の前では対等な存在でありたかった。

小癪な義弟に、政景はゆっくりと語りかける。

「敵の動き」

隣に立つ義弟から目を背け、茶臼山の炎を見た。

「どう思う」

家臣たちの前では主に相対するように接するのだが、二人きりでは兄と弟である。義兄として言葉をかけるし、政虎もそれを望んでいた。

「思惑が外れたな」

「はて」

「海津城を助けんとする敵を迎え撃つつもりであったのであろう」

海津城は川中島支配の拠点として、武田にとってはなんとしても守らねばならぬ城である。

「よもや善光寺と我等の連絡を絶つ地に布陣するとはな」

「いや、これで良いのです」

意想外なことを義弟が言い出し、思わず政景は炎の山から目を逸らし隣に目をむける。

けたたましい虫の声がふたたび聞こえて来た。苛立ちが瞳に宿るのを、政景は止めようもない。

「我等は分断されてしまった。これでは迂闊に動けぬ。このまま敵が動かねば、我等の兵糧は尽きる。海津城を囲むより先に、こちらが囲まれたようなものじゃ」

「あぁ……」

考えてもみなかったというように、義弟が大きく息を呑んでうなずいた。家臣たちの前では、しかも戦場では殊更に雄々しい姿を見せる義弟であったが、政景や姉のような身内の前では気の抜けた姿を見せることもある。

「御主、わかっておらなんだのか」

「義兄上の申される通りでありまする。敵は我等を囲むつもりであるのですな」

「き、今日の評定で、本庄や柿崎《かきざき》が申しておったではないか」

柿崎景家《かげいえ》は、上杉家きっての勇将である。主みずからの勇猛さが目立つ上杉家であるが故に、柿崎の名は霞んでいるが、他家であればもっと諸国に名が鳴り響いているはずだ。

越後国は上杉政虎の国。

諸国の侍たちはそう思っている。それほど政虎という名は天下に轟いているのだ。

それがどうだ。

昼の評定の話すらまともに覚えておらず、敵の真意も理解していない。義兄の言葉に童のように素直に驚いてみせるのが、この男の本性なのである。

皆知らないのだ。

この男の間抜けさを。

「このままでは善光寺に戻ることもできぬ。海津を攻めることもままならん。我等は動きを封じられたのじゃ」

「一万六千から七千」

「は」

「そのあたりでしょうな」

「なにが」

「敵の数」

義弟が炎の山を指差した。

政虎も敵は一万三千に届こうという数であろうとは見ている。昼の評定の席で物見もそう言っていた。しかし一万六千から七千という予測は、それより三千から四千も多い。

「多過ぎぬか」

「いや、一万七千でしょうな」

六千すら切り捨てて、政虎が言い切った。

「なぜそう思う」

「え、だって」

齢三十二。立派な大人である。なのに目の前の義弟は、幼子が親に抗するように口を尖らせながら義兄をにらんでいた。大人の敵意ではない。殺気など知りもしないような あどけない悪意である。

「見えまする」

「なにが」

「敵の数」

「また……」

溜息混じりに政景は吐き捨てた。

この義弟は戦場にいるとたまにこういう巫山戯《ふざけ》たことを口走る。

「どう見える」

己でも馬鹿らしくなりながらも、義弟の言に正面から問うてやる。

「見えませぬか義兄上には」

「なにが。敵の数がか」

「左様」

口を尖らせ、政虎が茶臼山に目をやって炎の群れを指さした。

「ほら、あれ。一万七千」

「なんじゃ。御主はあれか。恐ろしいほど目が良いのか。茶臼山に見える敵を一人一人数えておるのか」

「そんなことしておったら夜が明けましょう。それに敵は動いておりまする。数えておるうちにいなくなったり、一人を何度も数えてしまいましょう」

まともな返答に苛立ちが募る。

「そ、そのようなことはわかっておるわ」

「見えませぬか」

「見えんっ！」

馬鹿馬鹿しくなって断ち切ってしまった。

「そうですか」

寂しそうにうつむいて政虎がつぶやいた。

童である。

だからこそ、この男には危ういところがあるのだ。

将軍の覚えも目出度く、越後守護上杉家を飼い殺しのまま断絶させ、府内長尾家の権を不動のものにしておきながら、国人衆の諍いに心を痛めて、なにもかも放り出して出奔してしまう。私は遠くから皆様のことを見守っていますなどと、平気で書に認《したた》めて坊主に託してしまう。

平素、あまり感情をあらわにしない政景に怒鳴られて、義弟はどう言葉を継いで良いのかわからぬといった様子で、闇夜にしずむ千曲川の黒々とした流れを見下ろしている。義兄弟の他愛もない諍いなど我関せずというように、川は淡々と流れてゆく。

政虎は不器用なのだ。人と上手く相対することができない。

しかしそれは政景とて同じこと。

上田長尾家の当主でなければこれほど他者と接することもあるまいにと思う。田畑を耕すだけで済むのであれば、なによりも幸せな暮らしではないか。接するのは見知った顔ばかり。己が想いなど口にせずとも良い。

国人の主は違う。日々もたらされる面倒事の決着は、すべて政景の裁決に委ねられている。己の想いを口にしなければ始まらない。それが務めであるからと腹を括っているからやれるものの、本心では一刻《とき》たりとて耐えられるものではなかった。

そう。

政景には国を捨てた義弟の気持ちがわかるのである。

弟も人と接することが不得手であった。戦神《いくさがみ》の化身よ、越後の龍よと皆にもてはやされ、帝や将軍、上杉憲政らに一目置かれる存在であろうと、性根は童なのである。

必死に外面を取り繕って越後の龍を演じているだけなのだ。

だから壊れる。

そして投げ出す。

気持ちは痛い程わかる。

わかるからこそ。

許せない。

己だってと思うのだ。領地を捨て、長尾家を捨て、身ひとつになって越後を逃れればどれほど楽であろうかと。百姓だろうが商人だろうが、身すぎのための生業《なりわい》は、身ひとつならばなんとでもなる。

しかしできない。

大人だからだとか、長尾家のため民のためだとかいう見上げた了見がある訳ではない。誰かに迷惑をかけることを厭《いと》うてなどいない。その点においては、己よりも義弟のほうが気に病む性質《たち》だと政景は思っている。己のせいで誰かが苦しむなどということを、義弟は嫌う。大義名分や筋目がなによりも好きな堅物なのだ。

政景は違う。

己の所為で誰が傷付こうが一向に構わない。自分がいなくなることで上田長尾家が無くなろうが知ったことではないのだ。

でも出来ない。

他者の苦悩を慮《おもんぱか》る義弟に出来て、政景には出来ない。

怖いのだ。

国を捨て、一人になって、己に果たしてなにが出来るというのか。生業など身ひとつならどうとでもなると思いはすれど、本当にそんなに強く生きられるかというと自信がない。生まれたころから上田長尾家の嫡男だった。物心付いた時には大人が頭を下げるのを平然と受け入れる身であった。頭を下げることよりも下げられることのほうが圧倒的に多い。

政景が頭を下げるべき者は、越後国内に一人だけ。

隣に立つ義弟である。

上杉政虎は、政景の主なのだ。越後の国主なのである。

なのに、政景は頭を下げることを極力拒んでいた。己は分家とはいえ長尾家に連なる者なのだ。しかも政虎は弟ではないか。一門衆の筆頭である政景は、義弟の機嫌を取るつもりなど一切ない。

頭を下げることを身も心も拒んでいる。そうやって生きてきたのだから、もはやどうすることもできない。そんな男が身ひとつになって、果たしてどれだけの事が出来るというのか。

そう思うと足がすくむ。国を捨てようなどという考えは雲散霧消してしまうのだ。

しかし政虎はやった。

家臣も民も己が身分も捨てて、城を後にしたのである。

己には出来ない。

家臣のなかには、あくまで出奔は、争う国人どもを抑えるための策であって政虎に国主の地位を捨てる気はなかったと言う者も多い。そう考えるのが当たり前だと政景も思う。関東管領を保護し、帝や将軍の覚えも目出度い軍神が、みずからの立場を捨てるなど、欲に純粋な年寄りどもには考えもつかないことだろう。すべてが計算で、家臣たちの動揺を誘い国をひとつにまとめようとしたという道理を信じるほうが腑に落ちるのだ。

違う。

政景は断言できる。義弟は本気だったのだ。本気で越後を捨てて身ひとつで生きていこうとしたのである。

政虎は己とは違う。

強い。

己が足で大地に立ち、ただ一人で天を見上げている。凡人には政虎の境地など垣間見ることすら叶うまいと思う。

それは政景も同様だ。

己が凡人であることを政景は痛感している。だからこそ、日々の不満はあれどすべてを捨てるだけの勇気はない。

政虎に対する嫌悪の根源。

四つも年下の義弟を前にしていると、己がちっぽけな存在に思えていたたまれなくなるのだ。だから嫌う。いや、政景は卑屈で弱い己を嫌っているのだ。義弟を嫌うことで、己への嫌悪から目を背けようとしているのである。それすらわかっているから、義弟と対峙するのはなによりも苦痛であった。

「幾度も……」

か細い声で義弟がつぶやいた。兵たちの心を奮い立たせる時のような覇気は微塵も感じられない。

政景は想いを巡らすのを止めて、川から目を背けて弟を見た。

「十五で初陣を済ませてからというもの、数え切れぬほどの戦を行い、敵味方、いずれの姿もうんざりするほど見てまいりました」

「それが」

首を傾げ、口に堅い笑みを貼りつけ、政景は穏やかに問うてやる。先刻の怒りはもう消えたと、言葉に滲ませてやったのだ。

不器用な義弟はみずからの手の指を見つめながら続ける。

「あの時よりも少し足りない。この前の戦の我等よりも少し多い。そういう想いを頭のなかに巡らしておるような気がいたしまする」

「だからなんのことにござりますか」

主に対する言葉遣いで問う。すると政虎は、照れ笑いを浮かべた。

「敵の兵が何故見えるのかにござる」

そういえばそんなことを話していたような気がする。そう。義弟を怒鳴りつけたのは、敵の数が見える見えないという問答の末であった。

長いあいだ二人して黙っていたのだが、義弟は怒鳴られた後も己の心の裡を真摯に探り、見える理由を見付けようとしていたのだ。

「ふふっ」

妙に可笑《おか》しくなって、政景は声を上げてしまった。

「可笑しゅうござるか」

「いや」

義弟がなにを言おうとしているのか、わかったような気がした。不器用だが義兄と誠実に向き合おうとした結果導き出された言葉を、政虎は丁寧に口にしたのである。

政景はそれを自分なりに嚙み砕いて、義弟に返した。

「儂や他の者も、政虎殿のように幾度も軍勢を見て参り申した。しかし我等は、敵を見て一万七千と断言できるほどの目は持っておりませぬ。しかし、神仏の加護のような道理無き力でないことは、なんとなくわかり申した。政虎殿には政虎殿なりの理屈がある。そしてそれは、我等とは違う。たしかに我等には見えてはおらぬが、決して神がかった力ではない。政虎殿はそう申されておられるのですな」

「神や仏に見える物が我に見えておるならば、戦などせずとも良い」

「それは如何なる意味で」

「無益な殺生などせずに佞臣のみを誅《ちゆう》すれば事足りまする」

「あぁ」

信濃ならば武田信玄を。関東ならば北条氏政《うじまさ》を殺せば争乱は治まる。断言した義弟の瞳には迷いが一切ない。晴信亡き後、信濃を乱す者が出ればその者を殺す。関東も同然。国を乱す者のみを殺す力があれば、躊躇なくそれを行使する。そう言い切る政虎の視座が、政景にはとてつもなく恐ろしい物に思えた。

義弟は誰よりも聡い。そして誰よりも穢《けが》れを知らない。

こんな男に強さまで与えた神仏を、政景は少しだけ呪う。純粋な力は時に暴力となる。間違っていないということが、間違いを犯した弱者にとってなによりも無慈悲な暴力となることを、恐らく政虎は知らない。

義弟の心を覗《のぞ》くことに耐えられなくなった政景は、茶臼山の敵に目を移して眼前の戦に気を注ぐ。

「このままでは敵に退路を断たれて身動きが取れませぬぞ」

先刻の話題に戻す。

政虎は敵の布陣がこちらの動きを封じたことに気付いていなかった。昼の評定で柿崎たちが声高《こわだか》に語ったというのにである。この話にはまだ決着がついていない。

「どうなされる。このままだとこちらの兵糧は尽きてしまいますぞ」

「ようやく信玄は、やる気になってくれ申した」

こちらの問いに答えるというよりも、喜びの響きを持った独白であった。

どうにも調子が狂う。

茶臼山から目を背け、政景はふたたび義弟の顔を見上げた。義兄を見ず、目を輝かせて炎の山に目をやる政虎は嬉々として語る。

「我等が敵の懐に飛び込んだのを知って、信玄は逃がすまいと茶臼山に陣取った。これで我と信玄は、相見《あいまみ》えるまでこの地に留まらねばならぬこととなった」

確信をもって語る義弟に、政景は首を激しく振って答えた。

「敵はこちらと刃を交えずとも良いではないか。茶臼山と海津城を動かず、こちらが動くのを待っておれば良い。こちらの兵糧が尽きるのを待ち、兵を退くのを見て動く。追撃に出るか大人しく見送るか。敵の思うままではないか」

「いやいや」

敵陣に熱い視線を送ったまま、政虎が首を振る。

「信玄は動きまする」

「言い切りますな」

「はい」

「何故」

「我を殺す気だから」

理屈の通らぬ言葉に、政景は溜息を吐くことしかできない。返答がないことに戸惑うように、政虎が義兄を見る。

「見え……」

「ませぬっ！」

言い終わらせぬように、言い切った。

「遠く離れたこの地から、敵の殺気が見えると申すか。先刻、神仏の目は持たぬと申されたばかりではないか」

政虎と問答を続けていると疲れてくる。幼い頃に寺に入り、今なお神仏を尊崇して止まない義弟は、己とは了見が違うのであると割り切るしかないのであろうかと、本気で政景は思い始めている。しかし、常人と了見の違う主というのは果たして健全であるのであろうか。政景が心配することではないのかも知れないが、家臣たちの不安を考えると案じたくもなる。

「殺気そのものは見えませぬ。しかし」

最後の言葉は、これまでのような緩んだ声ではなかった。

見下ろされている政景の躰が、一瞬強張った。

「見えまする。信玄は我を殺すために茶臼山に入ったのです」

もう、なにも言い返すつもりはなかった。

所詮、凡人である己には、義弟の心の裡などどれだけ心を砕いて見透かそうとしても片鱗すら覗けぬのだ。

「このまま妻女山に留まるのだな」

「無論」

目を背けながら問うた政景に、義弟は迷いない肯定の言葉を投げた。

敵が動いた。

茶臼山に陣を布いて五日後のことである。

武田勢は山を降り、妻女山の上杉勢に横っ腹を見せつけるようにして千曲川を越えると、海津城に入った。

「良かったのですか。追撃をせずにおいて」

苛立ちを隠さずに主に問うたのは柿崎景家である。

妻女山の小高い丘陵の突端に、主だった家臣が並んでいた。中央に政虎が立ち、隣に政景が並ぶ。その両翼に家臣たちがずらりと立って、北東に見える海津城を見下ろしていた。

「せっかくの好機を逃し、敵をみすみす城のなかに入れてしもうた今となっては、なにを言うても始まりませぬが」

皮肉まじりの景家の言葉に、政虎は反論も怒りを露《あら》わにもしない。腕を組んだまま微笑を浮かべ、敵の籠る城を見下ろしている。

「殿はいかに御考えであらせられまするか」

皆の列から躰を乗り出し、景家が主の顔をうかがう。髪と髭と眉毛と烏帽子《えぼし》。黒色に包まれた顔のなかにぬらぬらと輝く瞳がふたつ浮かんでいる。そのぎらついた瞳が、主を見つめて動かない。

猛将の視線を頬に受けながら、政虎は涼やかに笑う。

「信玄め、気付きおった」

義弟の声が跳《は》ねている。

主の唐突な言葉に、景家だけでなくこの場に集う家臣が一様に顔をしかめた。得心が行かぬといった様子で、首を傾げる。

あからさまな態度は取らなかったが、政景も皆と同じ想いであった。

いったい信玄がなにに気付いたというのか。

政虎は妻女山に籠ってからというもの、誰にも策を披露していない。どんな思惑があるのか、誰もわからない。ただ、今度の戦において信玄を討つつもりであるという一事のみを告げられて、川中島の南端に陣を布いている。

「それは」

声を上げたのは景家だった。こういう時、武辺者は遠慮を知らないから、役に立つ。誰もが知りたがっていることを、躊躇いなく主に斬り込む。

「如何なることにござりましょうや。敵が茶臼山に布陣したのは、我等と善光寺の連絡を絶つためにござりましょう。このまま我等を妻女山に縛りつけ、兵糧攻めにするつもりであった。そう考えるべき布陣であります」

「御主の申す通りぞ」

前をむいたまま、政虎が堂々とうなずく。こういう時の義弟は政景に見せるような頼りなさは微塵も感じさせない。

「たしかに敵は我等の糧道《りょうどう》を絶つつもりであったのであろう」

過日、政景に語ったこととは違う。義弟は、信玄は己を殺すために茶臼山に入ったと言った。決して糧道を絶つための策ではないと断言したのである。

皆には政虎の見ている物が見えないということを、あの時の問答で痛感したのであろうか。みずからの考えを胸に秘したまま、義弟は糧道を絶つという家臣たちの見識を尊重するようにして話を進める。

「柿崎の申す通り、あのまま茶臼山と海津城で妻女山を封じておれば、善光寺に拠《よ》る五千との連絡を絶たれた我等は動けなくなる。茶臼山に入ったことで敵は勝ちを得たも同然であった」

己の想いをおくびにも出さずに、義弟は淀みない口調で語る。

上杉政虎という男は、家臣たちに歩み寄るような真似をする男では決してなかった。みずからの考えをなによりも優先させ、家臣たちを巻き込む。兵や兵糧を負担するのが家臣たちであることを知りながら、己が想いを押し殺そうとはしない。そんな男であったはずだ。関東管領という立場が余人と歩み寄ることに気付かせたのか。それとも、信玄との決戦のためになにか考えがあるのだろうか。

政景は隣に立つ越後の国主の横顔を覗き込む。

迷いなく真一文字に引き結ばれた唇がゆるく開き、家臣たちにむけて覇気に満ちた言葉が紡《つむ》がれる。

「しかしそれは、川中島に限ってのことよ」

「なるほど」

笑みを浮かべながら黙って聞いていた直江実綱が、思わずといった様子でつぶやいた。その真意を問うかのように、居並ぶ家臣たちがいっせいに重臣の顔を見たが、実綱は首を横に振って、主に軽く頭を下げた。それを受けて政虎が続ける。

「糧道を差配しておる直江であるが故に、すぐに想いが信濃以外にむいたのであろう」

「越後かっ！」

今度は景家が声を上げた。武勇の士は、実綱のような遠慮など無用とばかりに、身を乗り出して主にむかって語ろうとする。

「ぬおっ！」

踏み出した足が地を噛んだと景家が思った刹那、足元の砂利が滑って崩れた。一瞬、景家の頑強な躰が崖下へと吸い込まれようとしたが、斜めになった体勢を力で無理矢理後方へと引っ張って、越後の猛将はなんとか落ちるのに耐えた。

「大丈夫じゃ」

照れ笑いを浮かべながら皆に告げた景家が、深く息を吸ってからふたたび主に目をむけた。

「勢い込んで語ろうとするからじゃ」

呆れたように吐き捨てたのは、本庄実乃であった。上杉家の主従が横並びで立っている。身分の上下なく並ぶことで、皆の気が和らいでいる。さすがに戦場であるが故に、宴のような気さくさはない。それでも堅苦しい評定の席とは違う、おおらかな気に満たされていた。

景家が実乃の方を見て髭の隙間から舌を出し、ぺこりと頭を下げる。そしてふたたび政虎へと目をむけた。

「善光寺の五千と我等一万三千。某は出陣の折よりこの数が少ないと思うておったのです。しかし今度の戦は晴信の首を取るための戦。兵の多さより拙速を殿はお選びになったのだと思い、納得しておったのです」

「間違ってはおらん」

政虎の言葉には揺らぎが微塵もない。主君の毅然とした姿を前に、家臣たちが安堵の表情を浮かべている。主の揺るぎない態度が、彼等を心から臣従させているのだ。

どうしてこうも差があるのかと、政景は思わざるを得ない。

己と相対している時とはまるで人が違っているかのようである。政虎は双子なのではないか。そう思うほどの変貌ぶりである。

「兵は拙速を重んじる。それは戦の常道である」

政景にも異論はない。同感である。いかなる場合においても、兵を速やかに動かしてこそ満足な成果を得られるものだ。逆に、停滞を招くと敵に隙を見せ、痛撃を喰らうことになる。そして兵は少なければ少ないほど速い。主の命が即座に末端にまで届くからである。

「越後には多くの兵が残っておりまする。今度の戦は武田との雌雄を決する戦なれば、これを信濃に連れて来ぬのはあまりにも……」

景家が口籠った。

「愚策であると申すのか」

「いっ、いやそういうことは」

「あると申しておるのと一緒ではないか」

主の切り返しに猛将が口籠ると、政虎は天を仰いで大声で笑った。ひとしきり笑うとふたたび景家に顔を戻す。

「大軍が越後にあればこそ、兵として用を成す。越後かと叫んだ御主は気付いておるのであろう」

「はは」

首筋を照れ臭そうに掻きながら、景家がうなずいた。

「申してみよ」

二人の問答を見遣る男たちは顔をほころばせながら猛将の言葉を待っている。すでに多くの者が主の思惑に気付いているようであったが、あえて景家に語らせようとしているように見えた。

これがあれほど仲違いを繰り返していた越後の国人衆なのかと疑いたくなるほど、男たちは義弟の元で強い結束を見せている。己が誉れや欲得よりも上杉家のために働く。迷いもなく皆がそう思っている。和やかな気配が、政景に上杉家の安泰を否応なく知らしめていた。

「では」

咳払いとともに景家がおずおずと語り始めた。

「先刻、殿が晴信めが気付きおったと申されたのは、越後に残っておる兵のことにござりましょう」

「何故そう思う」

にこやかな主の相槌に、景家の顔もほころぶ。

「先刻からずっと某を御使いになられ、皆にそれを諭そうとなされておられましょう」

「そのような繰り言は良い。さっさと先を話せ」

政虎の言に家臣たちが笑い声を上げる。

政景は叫び声を上げたかった。

御主たちはいったいどうしたというのか。あれほど憎み合っていたではないか。大熊朝秀を追い出し、政虎を越後に迎えた時に、頭の中身をすっかり入れ替えてしまったというのか。

評定ともなると、それぞれの思惑が絡み合って今にも争いが起きそうな剣呑な気を放っていた者たちが、義弟にもたれかかるようにして頼りきっている。関東管領とはそれほどのものなのか。己が懐を痛め、益にもならぬ戦に駆り出されながら、それほど緩んだ笑みを浮かべられるものなのか。

わからない。

政景はただ一人、己だけが昔に取り残されているような気がしていたたまれなくなる。このまま崖へと飛び出して、ごろごろと岩場を転がり落ちたくなる。

そんな政景の懊悩《おうのう》を置き去りにして、上杉家の主従は語らうのを止めない。

「川中島のみを見ておれば、たしかに敵は茶臼山と海津城により妻女山にある我等を封じる布陣となっておりまする。しかし、越後まで視野を広げれば、善光寺の背後には手付かずの大軍が控えております。越後から上信濃までは二日もあれば辿りつけまする。到来した新手が南下し、我等が山を降りて攻めれば敵は南北から挟み撃ちになりまする。信玄めはそれに気付き、急遽《きゆうきよ》海津の三千との合流を果たしたのでござりましょう」

「その通りじゃ」

返答に推測を交えぬ主の断言に、景家が子供のように顔を明るくさせた。

「包囲しておるつもりが、包囲されておった。それに気付いた時の信玄の顔が見てみたかったものよ」

実乃のつぶやきに皆が同意の声を上げる。

「しかし」

穏やかな気配を破ったのは実綱の端然とした声だった。

「殿は越後の兵を動かすつもりはなかった。もしも武田を茶臼山より動かすための策であったとするならば、何故昼間、敵が千曲川を渡って海津へとむかう横腹を突かなかったのでしょうや」

「そうだったな直江。御主は昼間、山を降りて戦うよう我に申してきたな。御主にしては珍しく武張ったことを申すものよと我も驚いたことであった」

「直江殿の申されることは尤《もっと》もにござるっ！」

「御主はそう申すであろうな柿崎。どんなに静かな戦であろうと攻めよ攻めよと騒ぎたてる御主であればな。しかし昼間は珍しく黙っておったな」

「それは殿からなんの下知もありませなんだ故、なにかお考えがあられるものと」

心底から信頼しているという素振りで柿崎が口籠る。そんな猛将の不器用な態度を、このなかで誰よりも若い主がにこやかに眺めていた。年の多寡ではなく、男としての器で柿崎たちを呑みこんでいる。

毘沙門天の化身。

越後の龍。

よもや皆は本気で政虎の異名を信じているのか。信じはじめているというのか。

たしかに実績はあるのだ。

政虎が北条を攻めると知ると、佐竹、小田、宇都宮ら関東の大名たちがこぞって参陣し、兵は十万を超すほどに膨れ上がった。北条はみずからの居城である小田原城に籠るしか術がなかった。

政虎が関東のために兵を挙げれば、十万もの兵が味方する。

関東管領を襲名した今の政虎には、あの時以上の兵が集うことであろう。

もはや政虎は越後の国主だけではないのだ。守護代家の四男で家督を継承することすら叶わぬはずであったくせに、類稀《たぐいまれ》な武勇によって越後の国主に上り詰め、関東管領をも襲名してみせた政虎を、越後の国人たちは神仏同然にまで祭り上げているようだった。

「殿は何故動かなんだのでしょうや」

実綱が執拗に問う。

「腹背を突けば勝てたか」

「恐らくは」

「敵は一万七千。こちらは一万三千。それでも勝てたか」

「殿がおります」

実綱の言葉に迷いはない。そしてそんな腹心の態度を笑う者はひとりもいなかった。実綱の言に皆が心から同調している。政虎がいれば、寡兵であろうと勝てる。そう信じて疑っていない。

「負けるぞ我でもな」

男たちの熱に冷や水をかけるようにして政虎が笑う。

そしてゆるりと彼方に見える海津城を指さした。

「あそこにおるのは凡百の将ではない。武田信玄入道晴信ぞ」

家臣たちの絶大な信頼を得る軍神が、最大の畏敬の念をこめて言った。その言葉の重みを受け、男たちが今更ながらに武田信玄という男の大きさを知る。

異様な一体感を持つ上杉主従のなかにあって、政景だけが一人浮いていた。

政虎も信玄も、果たしてそれほどの男なのか。

互いが互いを過剰に評価しているから、迂闊に近づくことを避けているだけではないのか。家臣たちも主を盲信しているが故に、敵を大きく見て、足をすくませているのではないのか。

この滑稽な男たちの問答を目の当たりにして、政景の心にはそんな疑念が渦巻いて消えない。

「義兄上」

いきなり政虎に呼ばれて不意を衝かれた政景は、踵《かかと》が浮くほど大きく上方に跳ねた。男たちの覚めた視線が己に集まっていることに気付きながら、なにもなかったように唾の塊《かたまり》を喉の奥に流し込んで義弟を見上げる。

「どうなされた」

平静を取り繕っているのだが、わずかに声が震えているのは抑えようもなかった。

「義兄上はどう思われまするか」

二人きりの時のような甘えた響きはない。主は己であるという揺るぎない自信が、声となって政景の頭上から降って来る。

「昼間、敵の腹背に襲い掛かり、我等は勝てたでござりましょうや」

「やってみねばわかりませぬ」

本心を口にした。

政虎と男たちが黙っている。

続きを待っているのだ。

顔を伏せて咳払いをひとつしてから、政景は海津城を眺めたまま己が想いを素直に口にする。

「やれ甲斐の虎だ、越後の龍だと申しておるが、いずれにしても人は人。人と人の戦であります る。刃を交えるその時まで、勝敗はわからぬものかと存ずる。今日、武田は茶臼山から降りて海津城に入った。我等はそれを妻女山から見守った。それがすべてにござる。やっておれば勝てただとか、迂闊に動けば敗けておったなどということは、すべて繰り言に過ぎませぬ」

「長尾殿の申されること、御尤もにござる」

実乃が同意の言を吐いた。この男は政景が晴景を後押ししていた際の、政虎側の急先鋒であった。政景が背いた時も当然、政虎とともに政景と戦った。同じ旗を仰ぐ身となった今でも、政景はこの男だけには妙なわだかまりがある。

常に笑みを絶やさぬ政虎の懐刀は、嘘くさい笑みを口許に張り付かせたまま、海津城を見つめて続けた。

「戦の勝敗が予見できるのであれば、刃など交えずとも良いものと存ずる。長尾殿の申される通り、戦はやってみねば解りますまい」

「確かに二人の申す通りであろう」

政虎が口を挟む。

すでに主従の問答に場の流れは移っている。己の出番ではないと、政景は口をつぐんだ。自分がなにを言おうとも、家臣たちは政虎にしか従わぬのだ。だからこそ、やってみなければわからぬなどという本心を口にできるというところもある。皆への気兼ねがあるのなら、もう少し気を使った返答をしたであろう。

誰にどう思われても良いという達観が、政景にはある。

しょせん己は、どこまでいっても叛意をくつがえして軍門に降った者である。一門衆筆頭という立場を得て、政虎も下にも置かぬ扱いをしてはいるが、家臣たち、特に実乃のような政虎に心から臣従している者にとっては、政景は目障りな存在でしかない。

いっそのこと、この戦で政虎が信玄に完膚無きまでにやられてくれれば良いものをという、邪《よこしま》な願いが胸に過《よぎ》る。

義弟は信玄と相見えることを望んでいる。己のことしか見えていない政虎のことだ。機を得れば家臣など放って我先に突出するだろう。

死んでくれれば良い。

いまだ政虎は妻すら娶《めと》っていなかった。後継など言わずもがなである。

そうなれば己にも……。

一度は捨てた淡い望みが胸に暗き炎を灯らせる。

「義兄上」

邪念の海を心地よく漂っていた政景を、不快な声が揺さぶる。隣に立つ義弟を見る目に宿る嫌悪を、政景は抑えることができなかった。

「義兄上はどう思われまするか」

今夜は奇妙なほど義弟が話を振ってくる。

「済まぬ。聞いておらなんだ」

正直に答えると、家臣たちのなかから失笑の声が聞こえて来た。怒る気にもなれず、政景は聞き流して政虎を見上げる。

「戦はやらねばわからぬことなど、我も重々承知しておりまする。それでもなお、我は信玄のことが見えまする」

「それが」

「今日、腹背を突けば、我等は敗けた。やらずとも我にはわかる」

「見えると申すのであろう」

過日の問答を思い出す。義弟の目は政景たちのような凡人には捉えられぬ何かを捉えているらしい。

理解できない。

それは家臣たちも同様であるらしく、主の言葉を戸惑いの顔付きで、なんとか受け止めようと努めている。

「信玄は我等が山を降りて攻めてくるのを待っておりました」

「政虎殿には見える。そう仰せになられるのであれば、そうなのかも知れませぬ。某には真偽を計るだけの器がない。故に某に問われてもわかりませぬ」

どちらでも良いというのが正直なところだった。政虎が見えようが見えまいが、戦はやってみなければ解らないという想いは揺るがない。

「いずれにせよ」

家臣たちが声を上げないので、仕方ないから政景はかたくなな主に語りかける。

「政虎殿が我等を勝利へと導いてくれるのであらば、なんの文句もござらぬ」

身を乗り出し、左右に並ぶ家臣たちを見遣りながら、政景はぞんざいな声を吐く。

「そうであろう。御主たちは政虎殿のこういう神妙な力に魅かれておるのであろう」

己にはない。どれだけ努力しても手に入れることのできない力だ。

「政虎殿には敵の気が見えるそうじゃ。敵がなにを考え、どう動くのか見えておる故、山を降りなんだそうじゃ。それで良いではないか。御主たちは政虎殿を信じ、生死を預けたのであろう。四の五の申しても始まるまい」

そこまで言って、今度は政虎に目をむけた。

やはり。

怨嗟の念が瞳に宿るのを抑えられない。

「信玄との一戦。かならずやり遂げられるのでしょうな」

義兄の怨恨を清冽な笑顔で受け止めながら、政虎が力強くうなずき、薄い唇を震わせる。

「我を討つため、武田信玄は絶対に動きまする。その時こそ勝負。かならずや勝ちを得てみせましょうぞ」

「その言葉御忘れなきよう」

政景の言葉を受け、義弟はもう一度うなずいた。

敵わぬ……。

だが、勝ちたいとも思わない。

この男は危うい。

いつかどこかでほころびが生じるはずだ。神や仏にすがるかのごとき策でしか戦えぬ者が、上手く行き続けるはずがない。
それがこの戦であることを、政景は心の底から願った。

陸

山本菅助

上出来である。

己の身の上を思う時、山本菅助はしみじみとそう思う。

甲斐源氏の名門である武田家の足軽大将であるだけでなく、主の覚えも目出度い。

諸国を流浪し武芸百般を習得し、四十半ばで武田家に拾われた。激しい修練が祟《たた》って、顔に傷を受け左目は塞がり、右足も思うように動かなくなった。その頃のことを話すのが面倒だから、同朋たちに尋ねられると、幼い頃の病のためだと答えている。

だが、目も足も本当は修練の結果であった。賜物《たまもの》と言えば聞こえが良いのだろうが、故障して思うままにならぬのだからやり過ぎである。

自分でも呆れてしまう。

歯止めが利かないのだ。一度、こうと決めたらとことんまでやらねば気が済まない。

武者修行の旅の最中、ある武芸者との立ち合いで右足の踏み込みの甘さから打ち込むのを躊躇って負けてしまった。あと半歩前に進めていれば勝てた勝負であった。

それから昼夜を分かたず木剣を振った。右足の踏み込みを意識して。千度振ったら、次の日は千百。また次の日は千二百。

気付いた時には常人の目では捉えきれぬほどの神速の踏み込みを得た。双方が剣を構えると同時に右足を出す。それで終わり。菅助が間合いに入ったことすら気付かず、敵は真っ向から太刀を受けて悶絶《もんぜつ》するという勝負を幾度も繰り返した。

その間も素振りは止めなかった。

気付けば日の素振りは五万を超えた。

そんなことをしていて足が持つわけがない。ある日、骨の奥のほうで、ぐちりという鈍い音を立てて膝から下がぐらつくようになった。太腿から下に力を入れようものなら、歩く時でさえ膝から下が斜めに傾き転びそうになる。歩く事すらままならぬから、杖を用いるようになると、一年もせぬ間に今度は膝が動かなくなって棒のようになった。

微塵も悔いてはいない。

人の出来ぬ修練を経て、神速の一撃に辿り着いたのだ。そのための代償である。神の力を得るためには、なにかを犠牲にしなければならないのは道理ではないか。

左目を塞ぎ、顔に縦横に走る幾本もの刀傷も、命のやり取りを勝ち抜いてきた証ではないか。

菅助を見ると大抵の者は顔を歪め口をつぐむ。あまりの醜悪さに、声をかけることすらためらうのだ。

なにも見えてはいない。

そういう者と相対する度に、菅助は心の裡で嘲笑う。外見だけに気を留めて、内奥《ないおう》には目もくれない。いや、外見の醜悪さに肝を冷やし、気後れしてしまっているのだ。

この世は醜い。

どれほど表を取り繕おうと、人の世は汚辱《おじょく》に塗れている。戦場で男たちが華美な鎧で着飾るのはなんのためか。己の身の裡に巣食う邪な殺意や、首をもがれて曝《さら》け出す毒々しい傷口を、一時でも忘れようとしているのだ。大義や勝負などと言って誤魔化すのも、同じことではないか。ひと皮剝けばただの殺し合いであることを、言葉という衣を幾重にも被せて目を背けているのだ。

どんなに綺麗な女だって糞をする。死ねば腐って狗《いぬ》に喰われる。

それが世の中だ。

菅助の容貌に囚《とら》われて、その裡にある真実を見抜こうとしない者には、この世の実相など見えるはずもない。だから、己に目を向けたまま固まる者に、菅助はなんの関心も示さない。

駿河にもそういう男がいた。足利将軍に連なる名家に生まれた男である。

今川三河守義元。

菅助が生まれた三河国は、義元の手に落ちていた。諸国を流浪した菅助は、今川家への仕官を試み、なんとか義元と面会するところまでこぎつけた。

「我の元に其方の席はない」

菅助の顔を見た途端、義元はそう言って席を立った。

訳を聞く気にもならなかった。

義元の瞳に宿っていた光は、うんざりするほど何度も見てきたものだったからだ。

醜い。

それで終わり。

菅助の裡を見透かすつもりは、義元にははなから無かった。

そんな義元も、いまやこの世にはいない。

守護代の家老の家に生まれながら、尾張一国を盗み取った男に殺されてしまった。大敗であったという。今川家の兵を総動員して挑み、大軍に囲まれていながら、寡兵に本陣を衝《つ》かれて首を取られるという無様な死に様であったらしい。己を醜いだけで捨てた男だからといって、憂《う》さが晴れたわけではない。愚かなとは思うが、様《ざま》を見ろとは思わない。戦は理だけでは動かない。

醜いからだ。

人の情が幾重にも絡んでいる。

義元にはそれが見えなかった。

ただそれだけのことだ。

菅助を召し抱えていれば命が救われたかといえば、そういうわけでもない。醜さを厭い、日頃から辛く当たられ、菅助自身が義元を売ることだってあったかもしれない。どれほど策を弄したところで、結局は人が動くのだから、不測の事態はいつだって起こり得る。

義元には天運がなかった。

そう考えるより他ない。

だからこそ、菅助は今の己の身の上を上出来であると思うのだ。

どれだけ家柄が良かろうと、どれだけ腕が立とうと、どれだけ姿形が優れていようと、人は死ぬ時は死ぬ。不遇のまま野に埋もれて死んで行く者は数知れない。菅助自身も、そういう男と刃を交え幾人も手にかけている。

山本菅助という男は天に愛されている。断言して憚《はばか》らない。己のことをそう言い切れるのだから、幸せな人生である。

幸せだと言い切れる根本が、いま目の前で珍しく眉間に深い皺を刻んでいた。

海津城の本丸屋敷に重臣たちを集め、菅助の主、武田信玄は膝下に広げられている絵図をにらんでいる。そこには川が描かれていた。右方から左下の角へむかって流れているのは千曲川である。その右方の端の始まりの辺りから左へと一直線に絵図を横切っているのは犀川だ。犀川の真ん中あたりから北上する流れが、上方に描かれる山の稜線《りょうせん》へと吸い込まれている。この山の麓に瓦屋根の御堂が描かれ、善光寺と墨書されていた。

右方から左下角へと流れる千曲川に添うようにして、山の稜線が走っている。そのなかに海津城が記され、城から稜線伝いに南西に下ったところに黒々とした文字で妻女山と書かれていた。

主の視線が、妻女山という字に注がれている。微動だにせず睨み続けているから、そのうち燃え上がるのではないかと、菅助は本気で心配した。

義元とは違い、武田信玄という男は、物事の裡を見る。絶えず笑みを浮かべ、気を張ったところを人に見せたがらないのは、内側を見据えていることを悟られないためだ。笑っていると、人は気を許す。よもや己の裡にある邪念を見透かそうとしているなどと考えもしない。

だから主は笑う。

笑って人の懐に入り込む。表層にしか気を取られない者は、たちまち主に懐を開き、なにもかもを曝け出してしまう。主は朗らかに己が気持ちを思うままに吐き出してみせるが、それはすべて考え抜かれた末のこと。本心は別のところにある。結果、相手だけが性根を晒し、主は己が思い描いた武田信玄という男を相手の裡に刻みつけるのだ。

そういう男だからこそ、菅助は心底から従うことができる。己の裡を隠す必要がない。見透かされていると開き直ってしまえば、思いのままに相対することができるし、主もそれを望んでいる。

ありのままの己をありのままに評価した信玄が与えた身の上が、足軽大将という役目と〝軍師〟という奇妙な異名であった。

外《と》つ国で戦を差配する者のことを軍師というが、この国にはそのような者はいない。領地を持たず、みずから戦に加わらずに策のみを弄する者は、侍ではないからだ。

菅助には足軽大将という役目があり、知行を得ている。明国でいう軍師では決してない。しかし主は、菅助と真田幸綱を軍師だと呼んではばからない。家中の皆は、戦の折に策を弄する者という程度の曖昧な解釈で捉えているが、菅助自身もそれに近しい想いしかなかった。

「菅助よ」

上座の信玄が絵図をにらみつけたまま言った。菅助は、左右に並んだ家臣のなかでも末座に近い場所に座している。声を出さず、目を上座にむけて返答に代えると、絵図を見つめたままの晴信が視線を感じて続けた。

「毘沙門天の化身殿はなにを考えておるのであろうな」

眉間の皺はそのままであったが、主の口許は緩んでいた。

川中島に入って十日ほどが経っている。当初西方に位置する茶臼山に陣を布いたのだが、五日前に、海津城へと入った。

「春日山も善光寺もいっこうに動く気配はないではないか」

主が憎々し気につぶやく。

海津城と茶臼山という東西に兵を置くことで、妻女山に布陣する政虎の退路を断つという目論見《もくろみ》で、主は茶臼山に陣を布いた。しかし、その五日後、急遽海津城に入ると言い出したのである。

信玄の独断であった。

春日山城に大軍が温存されており、善光寺の五千とともに川中島の地に入れば、形勢は一気に敵に傾く。ならば兵をふたつに分けず、城に入って纏《まと》めておき、政虎が動くのを見て、城から出て決戦を迫る。それが主の考えであった。

菅助に異存はない。

そもそも茶臼山と海津城で敵の退路を断つということに無理があると思っていた。はなから退くつもりなら、政虎は川中島の南端であり敵の領内に踏み込むことになる妻女山になど布陣するはずがない。

政虎は晴信を戦場に誘ったのだ。敵ははじめから、我等と雌雄を決する覚悟で戦に臨んでいるのである。退路を断たれたくらいで動揺するはずがない。

そこまで考えておきながら、菅助は評定の席で言上しなかった。

茶臼山に入ること自体に、不服はなかったからである。

妻女山に政虎が入ったことで、敵の前線は川中島の南端へと広がっている。今度はこちらが踏み込む。茶臼山に入るというのは、そういう意思表示になると思ったのだ。川中島の下半部で、敵味方の前線が五日ほどの短い間ではあったが交錯した。それは、政虎にむけて十分な意思表示となったといえる。

「毘沙門天殿は我等と戦う気があるのか」

政虎のことを揶揄《やゆ》するように、主が言って絵図から目を逸らし下座を見た。右目だけで覇気に満ちた視線を受け止め、菅助はうなずく。

「此度ばかりは敵もこのままじっとしてはおりますまい」

「動かぬではないか」

鼻から息を吐き出しながら、主が吐き捨てた。

「そうじゃ」

主の声に同調するように叫んだのは、飯富源四郎昌景である。侍大将の源四郎は、格下である菅助の真ん前に座っていた。腰を上げて数歩歩けば、目の前に立つことのできる位置でありながら、まるで一里も離れた者に語るような声を吐くから、耳がおかしくなりそうだった。

「上杉の奴等はいつもこうではないか。北条攻めの折も、十万もの兵を関東じゅうから集めておきながら、じっと動かず城を囲んでおったというではないか。我等との戦でも、いつも睨み合うばかりで、一向に仕掛けては来ぬ。なにが毘沙門天の化身じゃ。ただ上信濃の国人どもに良い顔をしたいだけの腰抜けではないか」

「源四郎」

言い終えた四十がらみの荒武者に、主が上座から声をかける。

「はい！」

「五月蠅《うるさ》い」

声は軽妙なのだが、主はいつものような笑顔ではない。だからといって怒ってはいないのだが、受け取った源四郎は過剰なまでに恐縮して深々と頭を下げた。

「申し訳ござりませぬ」

「まぁ源四郎の申すことも一理あると思うがな」

つぶやいた主の目がふたたび菅助をとらえた。

「茶臼山からここへ来た際も毘沙門天殿は動かなんだ。千曲川を越える時など好機であったはずだがな」

軽口である。

茶臼山から海津城へと入る間も、主は毛ほども油断しなかった。行軍中、常に敵中にあると思えと皆に厳命し、槍の鞘《さや》は取らせ、銃の火蓋は切らせていたし、渡河する者を守るように、渡り終えた隊と渡河を待つ隊の双方が四方に気を配って敵の襲来に備えるという万全の態勢で海津城へと入ったのである。

恐る恐る戦場を横断したのではない。敵の襲来を今か今かと待ち受けるようにして、城への道中を堂々と進んだのである。

恐らく政虎はこちらの気を悟ったのである。だから動かなかった。

政虎が誘いに乗らなかったという事実は、主の心にも微妙な影を落としているはずである。菅助が悟ったこと程度のことは、とうぜん主も悟っている。敵はこちらの気を読んでいる。それがどれだけ面倒なことか。

「これまでの三度の戦においても、上杉政虎は御館様を仕留めんとしており申した」

「しかし動かなんだではないか奴は」

菅助が言わんとしていることなど主はとっくに察している。相槌は家臣のためであった。家臣たちに悟らせるために、菅助の言葉を導いている。

「我等が茶臼山から海津へと入った時と同じことにござりまする」

「誘っておったということか」

「左様」

陰鬱な表情のまま菅助がうなずくと、居並ぶ家臣たちのなかから声が上がる。

「誘い合って睨み合《お》うてばかりでは、どれだけ兵を出そうと決着は付きませぬぞ」

目にも眩しい緑の陣羽織を着けた男である。年恰好が源四郎とあまり変わらない。五十手前というところか。

若い。

世間では壮年といえる年頃である。しかし六十の坂をとうの昔に越えた菅助にとっては、源四郎たちは眩しいくらいに若々しい。

「信春《のぶはる》の言う通りじゃ」

主が緑の陣羽織の男の名を呼んだ。

馬場《ばば》民部少輔《みんぶのしょうゆう》信春。

摂津《せっつ》源氏の名門馬場家の棟梁《とうりょう》であり、主の父の頃から武田家に仕える重臣である。信春は炎のごとき源四郎とは違い、目に涼やかさを保った男であった。源四郎が火ならば、信春は風だ。

菅助は家臣たちのなかでも一際目を引く彼等を、風林火山の一字に見立て、己が去った後に主を支えるべき男たちであると思い定めていた。故に、言葉を差し挟まれたことに異存はない。むしろ、思いのたけを存分に語ってもらいたかった。

「ならば……」

己を見る涼やかな視線に闇を秘めた瞳を合わせながら、菅助は笑う。

「馬場殿はこの膠着《こうちゃく》をいかがなされればよろしいと御思いであらせられるのか」

「言ってやれ信春」

「源四郎」

割って入った大声を主がたしなめる。

「では」

やり取りを無視した信春が、静々と口を開く。

「村上義清を葛尾城より追い、越後勢が川中島に乱入し、はじめて刃を交えてから八年あまり。これまで三度、戦い申したが、いずれも膠着のまま いたずらに時を過ごし、兵を退くという有様。此度は御館様も決死の御覚悟で臨まれておられまする。敵もまたしかり。ならば、こうしておる間がどれほど無駄であることか。敵がこう考えておる。攻めてくるやもしれぬ。待ち受けておる。そうやって上杉政虎という男を大きゅう見ておるうちは、何度陣を張ろうとも決戦などできますまい」

「攻めよと申すか」

「それ以外に道はござりませぬ」

「言い切るではないか」

「上信濃、そして越後。御館様の行く道には上杉政虎が付きまといまする。政虎は関東管領となり、御館様を佞臣と呼び、大義を掲げておりまする。今のうちに力でねじ伏せておかねば、時を経るごとに我等は苦しゅうなるばかり」

物怖じせずに語る信春を、主は笑みを浮かべながら見つめていた。二人の問答に言葉を差し挟みたくてうずうずしている源四郎が、立て板に水のごとく語る信春の言に幾度も同意の意思を示すようにうなずいている。その姿があまりにも滑稽で、菅助は思わず声を上げて笑っていた。

「なにが可笑しゅうござりまするか菅助殿」

抑揚のない信春の声が、笑う菅助の頰を打つ。ふさがった左目の瞼の上を走る傷を一度ひくりと震わせてから、笑みのまま信春に顔をむけた。

「いやいや、別に某は其方のことを笑《わろ》うたわけでは……」

「では菅助殿の御心の裡を聞かせていただきたい。菅助殿はどう思われておられるのでしょうや。このまま睨み合いに終始して、今回も互いに矛を納め、お茶を濁されるおつもりか」

信春が問い詰めるのを、主が楽しそうに聞いている。

主も攻めたくて堪らないのだ。

本心では今すぐにでも全軍で海津城から出て妻女山を包囲したいのである。先刻からの信春の言葉は、主の本音を代弁しているともいえた。

菅助だって……。

「なれば今すぐ全軍で城を出て、妻女山に参りましょうぞ」

誰が好き好んで軍師などという面倒な立場にいると思っているのか。策謀に長けているからといって、荒事が嫌いだと思ったら大間違いだ。無駄な血を流さずに城や敵を落とすことができるのならば、それが一番ではないか。そう思うが故に策を弄するだけ。孫子も言っている。百戦百勝は善の善なるものにあらざるなり。戦わずして兵を屈するは善の善のものなり、と。

戦に策は付き物である。

猪突猛進、無闇矢鱈《むやみやたら》に攻めて力押しで勝てるのならば、これほど楽なことはない。だから菅助は考えるのだ。勝ち筋を。一人でも多くの味方が生き、一人でも多くの敵を損じる戦い方を。

誰もが山本菅助という男を見誤っている。もしかしたら、主さえも本当の菅助を見てはいないのかもしれない。

黒光りする床を叩く。

この城は菅助の差配で建てられた。越後を牽制するため、政虎と戦うための上信濃の要における城である。

「上杉政虎が機を見ずに勝てる相手であると思われるのならば、すぐに出陣の御下知を。某も喜んで御供仕《つかまつ》りまする」

本心だ。

出陣の下知があれば、菅助は喜び勇んで家臣たちとともに我先に飛び出してやる。齢六十二。思うままにならぬ躰であろうと関係ない。まだまだ槍働きはできる。源四郎や信春に遅れを取るつもりなど毛頭ない。

侮《あなど》るな。

菅助の目はもはや信春を見てはいなかった。そのむこう。上座に腰をすえた主の硬い笑顔をにらんでいる。その総身からは、策謀によって立身を遂げた老臣とは思えぬ熱気が立ち上っていた。菅助が放つ武威を前に、源四郎がわずかに身を仰け反らせて息を吞んでいる。

「さぁ御館様。御出陣の下知を」

策などどうでも良い。やるならさっさとやろうではないか。

「はははははは」

張り詰めた菅助の気を折るように、主が朗らかに笑った。

「そういきり立つな菅助よ。わかった、わかった。そんなに気を込めると、老いた躰が保たぬぞ。おい信春。御主も少しはつつしめ。菅助を怒らせてしもうたではないか」

「いや、某は思うたままを口にしたまで。決して菅助殿を怒らせようと思うて申したことではありませぬ」

「なんでもかんでも思うままに物を申せば良いわけではないぞ、信春」

主が茶化すが誰も笑わない。生真面目な信春は、常に笑いながら語る主の軽い言葉に、どう返して良いのか解らぬといった様子で戸惑っている。

「御館様」

菅助が気を張ったまま主をにらむ。

「わかった。もう良い菅助」

「なにが、でござりまするか」

「御主が考えろ」

主の太い指が菅助の鼻面を指す。

「そうじゃ。信春とともに妻女山から毘沙門天を引き摺りだす策を考えるのじゃ。三日じゃ。三日のうちに考えろ。わかったな」

策……。

身中に宿る熱がじわりと手足の指先まで伝わる。

上等ではないか。

ここまで挑発されて、黙っているわけにはいかない。老体に、懐かしい熱が蘇《よみがえ》って来る。

「わかったな信春」

「そ、某は」

「ここまで菅助を怒らせたのだ。共に良き策を考えろ。三日待ってやる。その間に敵が動いたら、其方たちには責めを負うてもらうから覚悟しておけよ」

「そ、それは」

「承知仕りました」

戸惑いの声を上げる信春を無視して、菅助は声高に答えた。

「良し。では今宵《こよい》の評定はこれまでじゃ」

主が席を立ち、男たちが次々と腰を上げる。

菅助と信春だけが残された。

三日が経った。

もしかしたら、主は二人が献じる策まで見透かしていたのかもしれぬと思い、菅助は背筋が寒くなる。

「霧か」

海津城の本丸にふたたび集められた重臣たちが左右に並ぶなか、上座の主が言った。菅助と信春は家臣たちの列からはずれ、二人並んで広間の真ん中に座している。

「この辺りの者たちが申すには、九月になり朝夕が寒くなりはじめると、一帯に霧が出るとのこと。ここ数日、またぐっと冷え込みが厳しゅうなってまいり、数日のうちにかならず霧が出ると申しております」

主のつぶやきを聞いた信春が、菅助の隣で緑の陣羽織を揺らして答えた。その言葉を菅助は継ぐ。

「城下の百姓は五日のうちに、霧が出ると申しております。いつ霧が出るか、その夜のうちにわかるとのこと。一度霧が出れば陽が高々と上がってしまうまでは、一寸先すら見えぬと」

「百姓が霧が出ると申した夜に動くか」

主の問いに菅助と信春が同時にうなずいた。

「どう動く」

問う主の言葉を受け、信春の目が菅助を見た。右目を見開きうなずくと、上座にむかって語る。

「全軍をふたつに分けまする」

「分ける」

「まずは一万余りの兵が、霧が出る前に城を出て、妻女山を裏手から攻めまする。その間に御館様が率いる本隊も城を出て川中島に布陣いたし、奇襲を受けて下ってきた敵を迎え撃ちまする」

「挟み撃ちということか」

「左様」

信春が答えた。菅助は黙ったまま主の笑みを見据えている。

「上手く行くか」

言った主の口許には余裕の笑みが浮かんでいる。

「行きまする」

断言した。

それが軍師の役目であると、菅助は勝手に思い定めている。献策を務めとするのが軍師なる者の役目であるならば、三日の時を費やし同朋とともに考えた策を披歴《ひれき》しておきながら、曖昧な返答などできようはずもない。

上手く行く。

慢心でもはったりでもない。

確信だ。

「この三日、敵は満足な斥候《せっこう》すら出さず、山に籠っておりまする。霧の中で我等が密かに動いておるとは考えもいたしますまい。油断する敵の背後に、霧のなか殺到するのです。いかな毘沙門天の化身であろうと、兵を纏める余裕などありますまい。追い立てられるように、平地で待つ我等めがけて逃げてまいりましょう」

「まるで其方みずから妻女山攻めの隊を率いるような口振りではないか」

「そのつもりでござります」

献策の責を全うするためには、それ以外になかった。別動隊を率いてみずから奇襲をかけ、越後勢を追い立て、すみやかに主の元まで導く。万一、策が破れた時は、みずからの死をもって責を全うするつもりである。

「信春」

「は」

「妻女山攻めの兵は御主が率いよ」

「承知仕りました」

淀みなく答えた信春が頭を下げる。

「な、何故某ではっ」

「御主は儂の元におれ」

「それでは」

「御主は儂の軍師であろう。儂の側で戦の成り行きを見守るのが務めじゃ」

「よ、余人を死地に送り込み、みずからはのうのうと成り行きをうかがうなど」

「のうのうとできる場所などどこにもないぞ」

「御館様の申される通りでござるぞ菅助殿」

信春が隣で言った。

緑の陣羽織をにらみつける。己よりも十分に若い信春の清廉な姿に、暗い憧憬《しょうけい》を抱く。己だって若ければ、躰が思うように動けば。

「そういうことではない」

主が心を見透かしたように語る。

「御主のことを頼りにしておるからこそじゃ菅助。敵は毘沙門天の化身ぞ。なにを考えておるかわからぬ。それ故、万一に備えて御主を側に置いておく」

「万一のことがあった時のために」

「策の責を取って死ぬなど許さん」

見透かされている。菅助はそれ以上の抗弁ができなかった。

上辺だけを見て人を断じる者が嫌いだった。人の裡を見る者しか信じなかった。だから。

主を選んだのではないか。武田家を己が家としたのではないか。

「御館様の申される通り、本陣におったとて安穏としてなどおれぬのです。某には某の、菅助殿には菅助殿の戦う場があるだけのこと。いずれにあろうと菅助殿は武田家の軍師であられまする」

「馬場殿」

「御案じ召されるな」

突然、家臣の列から声が上がった。

幸綱だ。

真田幸綱が場違いなほどに気楽な声を吐いた。

「すでに菅助殿は老齢にござる。遅かれ早かれ死ぬる」

「さらりと酷《ひど》いことを言うの」

菅助の声を聞き流し、幸綱は続ける。

「菅助殿がおらずとも、某がおりまする故、武田家は盤石《ばんじゃく》。なんの心配もありませぬ」

そう言って幸綱はからからと笑った。

「まるで菅助が死ぬようじゃの」

主が不吉な言葉をかぶせる。

「なにを申されまする。我が策は万全にござる。死ぬのは政虎めにござる」

「やっと調子が出て来たではないか。ぬははははは」

快活な主の笑いに、男たちも応え、場が一気に和やかになった。策の責を取るためには死ぬしかないなどと気弱なことを言った己を菅助は恥じる。

「承知いたした。では別動隊は馬場殿に御任せいたしまする」

「某も行きましょう」

幸綱が胸を張る。菅助とともに軍師であれと主に命じられたことを心得ての志願であるのは間違いない。

「良し」

主は幸綱に笑ってみせると、皆に穏やかな目をむけた。

「毘沙門天の生まれ変わりか化身か知らぬが、信春たちに追い立てられた敵は我等の元へと逃げてくるであろう。此度こそ上杉政虎を討ち果たし、春日山に武田の旗を立てる。良いか。武田は負けぬ。明後日には片が付く。それまで気を緩めるでないぞ」

「ははっ！」

これまでの鬱憤を吐き出すことができることに歓喜する男たちは、猛々《たけだけ》しい声で主に応えた。

軍議の夜からちょうど五度目の夜。霧が出るという百姓の言葉を受け、馬場信春、真田幸綱、高坂《こうさか》弾正忠昌信《まさのぶ》らに率いられた別動隊が、密かに海津城を出た。

その数、一万二千。一万三千あまりの敵が籠る妻女山を攻めるのだ、寡兵では用を成さない。そのため、本隊よりも多くの兵を別動隊に宛てた。

じきに勘助たち本隊も城を出て川中島に布陣する。

本隊八千は山を降りて千曲川を越え、八幡原《はちまんぱら》に陣を布いて敵を待ち構える手筈になっていた。

海津城の二の丸の廓内《くるわ》で忙しく出陣の支度を進めている兵たちを見つめながら、菅助は槍を杖代わりにして篝火《かがりび》の脇に立っている。木々が爆《は》ぜる音と男たちの鎧が立てる尖った音のなかに、鈴虫の泣き声が聞こえる。九月に入って、ずいぶん涼しくなってきた。近くで燃える篝火の熱が、冷える躰に心地良い。六十を越えた老体に、夜は厳しい。温さが眠気を喚起して菅助をまどろみの海に誘おうとする。

昔はそんなことはなかった。

戦で血が燃え滾《たぎ》って、一日二日眠らずとも疲れひとつ感じはしなかった。

それがどうだ。

少しでも目を閉じれば、間違いなくそのまま眠りに落ちてしまう。崩れ落ちることだけは何があっても避けたいという想いが、槍を杖として用いさせているのだった。いつもの杖は腰ほどの高さまでしかないから、眠気で体勢を崩してしまうと、前のめりになって倒れてしまう。その点、槍は長いから、多少体勢を崩しても斜めになって躰を支えてくれる。その間に我を取り戻せば、眠りに敗けることはない。

「少しくらい寝ても良いのだぞ」

突然背後から聞こえた主の声に、まどろみの縁に立っていた菅助は内心驚いていたのだが、かろうじてそんな素振りを見せずに済んだ。頭だけで漫然と振り返って肩越しに背後を見ると、炎に紅く照らされた主の笑顔があった。

「寝ておったろう」

「いいえ」

ぶっきらぼうに答えて、働く若者たちにふたたび目をむける。

主が隣に並んで、菅助の顔を覗き込む。

「強がらずとも良いのだぞ。まだ出陣までは一刻あまりの時がある。虎定《とらさだ》は奥で寝ておるぞ。御主も我慢するな。儂が直々に起こしてやる故」

虎定とは諸角《もろずみ》虎定のことである。主の父の頃より重臣として武田家に仕え、年は菅助とあまり変わらない。

「心配には及びませぬ」

「なんじゃ、儂に起こされるのが嫌か」

「そのようなこと、家臣でありながら許されるわけがありませぬ」

「遠慮するな」

主は悪戯っぽい笑い声とともに肘で菅助の腕を突いた。

「年取ったな菅助」

「まだまだ御館様のために働かせてもらいまするぞ」

思えば武田家の禄《ろく》を食《は》んでから十八年あまりの歳月が流れた。年も取る。

「当たり前じゃ。御主はくたばるまで儂の軍師ぞ」

迷いなく語る主の言葉に、菅助はいつも励まされている。

策謀をみずからの縁《よすが》とする菅助は、常に猜疑とともにあった。他者のことは言うに及ばず、己の想いにすら常に疑いを抱いている。だから、策を遂行するために必要な時以外には、なにかを言い切ることはありえない。言い切った時でも心中ではそんな己を疑っている。

だからこそ、何事もすっぱりと言い切る武田晴信という男に、菅助は魅《ひ》かれたのだ。確かな物などなにもないこの世の中で、晴信の言葉だけはいつも揺るがない。

主は大樹だ。

甲斐の地にどっしりと根を張った太い幹の大樹である。その葉は今なお青々と茂り、瑞々《みずみず》しい。紅葉すら過ぎ、一枚また一枚と葉を落としてゆく菅助の細々とした古木とは違う。

武田晴信という大樹があればこそ、甲斐は、武田家は、枝を広げてゆける。信濃、そして越後。義元亡き後の駿河にも、武田の枝は伸びてゆくことだろう。

「将軍なにするものぞ」

「いきなりどうした」

忘我のうちに己がつぶやいていたことに、主の言葉で気付いた菅助は、思わず目を見開いて隣を見た。

「珍しいの、そんな顔をするのは」

「はて、某は」

「餓鬼のように素直な顔をして儂を見るから驚いてしもうたぞ。御主もそんな顔をするのだな。二十年近くも共におって初めて知ったわ。ぬはははは」

気恥ずかしさで顔を背け、菅助は口籠る。

「なんじゃ、将軍がどうかしたか」

あらぬ方を見る菅助の顔を、主が身を乗り出して覗き込もうとする。

誤魔化しても仕方がない。

杖代わりの槍を軸にして躰を回し、主と正対する。

「関東管領、上杉政虎。大義がなければ動けぬような者など、早々に討ち果たさなければなりませぬ。御館様は甲斐源氏の嫡流《ちゃくりゅう》であることさえ御捨てになられねばならぬ」

「いきなり、なにを言い出すのだ。ついに呆《ぼ》けたか御老体」

「茶化さずに聞いていただきたい」

いつになく真剣な菅助の顔色を察し、主が緩んでいた頬を引き締めた。

「京に上り、足利将軍家を打ち滅ぼし、御館様が天下に号令いたすのです。御館様にならば、それができる。いや」

他者も己も常に疑う。真実は醜い躰の裡に仕舞い込んだ。口から出るのはまやかしの言葉。すべては幻、己さえも真を知らぬ。わからぬ。疑いのなかに己はいる。

それが菅助の生き方のはず。

なのに。

躰の裡に仕舞い込んだはずの真心が、口から止めどなく零れ出す。

「日ノ本広しといえど、それが出来るのは御館様以外にござりませぬ」

これだけは疑いのない想いである。

武田晴信という男でなければ、この麻のごとく乱れた世を治めることなどできはしない。守るべき者のために戦うことができる男が、日ノ本全ての民のために生きることで、乱世は治まる。

旧来の因習や価値に縋りつき、みずからの身の証とする上杉政虎などに、主の境地は一生解るはずもない。

「天下を御取りになられませ」

「わかった」

力強い微笑みとともに、主が深くうなずいた。

「じゃが」

重々しい声から一転、主の声は軽やかになった。

「まずは今日の戦ぞ」

言って主が菅助の肩を叩く。

「少し寝ておけ。気を張り過ぎておると、いざという時に眠くなるぞ」

「御案じめさるな」

「寝ろ菅助。儂が起こす」

否応ない口調に、菅助はただうなずくしかなかった。

朝も明けきらぬうちに、菅助はみずから起きた。浅い眠りのなかを揺蕩《たゆた》っていたから、さほど苦もなく目が覚めた。それからすぐに、戦の手筈を整えた兵たちとともに城を出た。

菅助はみずからの手勢を率い、主の本陣の脇に控えている。

本陣が一番前に出て、左右に並ぶ侍大将たちの隊が後方にむかって伸びていた。空から見ると、晴信の本陣を切っ先とした鏃《やじり》のような形となっている。

鶴翼《かくよく》。

頭である本陣から鶴の翼のように諸隊が布陣。正面から現れる敵は、本陣めがけて殺到する。突撃を避けるようにして本陣は真っ直ぐ後退してゆくことで、左右に並んだ隊がじりじりと敵を包んでゆく。気付いた時には敵は周囲を囲まれ逃げ場を失うという手筈である。

背後から追われている敵の前進する力を利用した陣形であった。

菅助の率いる兵は他の大将たちと比べても寡兵である。本陣の脇に控え、本陣と連携して動く遊軍であった。

だが。

いま菅助の目の前には本陣の姿はない。背後に布陣しているであろうはずの仲間の軍勢も見えない。

夜の闇のみであったらこうはいかない。月の無いなかでも、人が八千も集まっていれば、音もするし気配もあるから、闇に慣れた目でそちらを追えばぼんやりとだが姿が見える。

闇が濃いのだ。

水気をたっぷりと含んだ靄《もや》が闇に溶けて、菅助と手勢を包んでいる。じっとしているだけであるのに、秋の夜気に揺らされた靄が鎧に触れて、雨に打たれたような滴《しずく》を無数に作り出す。すこしでも拭えば、滴はたちまち集まって水気となって手を覆う韘《ゆがけ》を濡らす。

闇のなかに漂う白色の靄は、まるで巨大で柔らかな生き物のように軍勢を呑み込んだまま八幡原を覆っていた。

目に見えぬ水気は音を吸う。

本来ならば聞こえるはずの鎧を揺らす音や、足音が、どこからも聞こえない。馬は嘶《いな》かないように口に木を噛ませているから、もとより啼《な》かないのだが、蹄《ひづめ》を鳴らす音すらも靄に吸い込まれて菅助の耳には届いてこなかった。

本当に味方はいるのだろうか。

不安にさえなってくる。

別動隊一万二千を妻女山にむかわせた主は、残りの八千をすべて八幡原に投入し、鶴翼の形に布陣した。

はずである。

城を出る時に、菅助はみずからの目で皆のことをたしかめているし、隊列を組んで山を降り、前後の隊と連携して布陣も終えたのだ。菅助の脳裏に描いた場所に、仲間は確実にいるのである。

なのに心許ない。

霧とはここまで人の心をおぼつかなくさせるものかと、あらためて思う。

川中島は四方を山に囲まれた盆地であった。低地には犀川と千曲川の間に幾筋も支流が流れ、地に水気は十分過ぎるほど満ちている。山に囲まれた盆地を満たすように霧がくぐもっているのだ。陽が昇り、光と熱で水気を飛ばすまでは視界は覚束ないままである。

霧が晴れる頃。

山を追われた敵が目の前に現れる。視界が開けたと思った刹那、いきなり敵が姿を現し、みずからを待ち受けていると知った時、上杉勢は正気を保ってはいられぬだろう。元より奇襲で動転しているのだ。鶴の翼で囲んでしまえば、一網打尽である。

いける。

馬の鞍《くら》にゆっくりと拳を打ち付けながら、菅助は心中につぶやく。

じきに朝が来る。

すでに妻女山では戦がはじまっているはずだ。ここまで戦の声が届かないのは、霧の水気に阻まれているからである。

「頼んだぞ幸綱」

小癪な同朋の名を呼んだ。

己が死んだ後も案ずることはないと言った幸綱の言葉が、菅助の胸の裡に火を灯す。

六十二。

いつ死んでもおかしくはない。

躰に不調を来すほどに武芸の修練に明け暮れたのだ。常人よりも何倍も躰を酷使し続けている。我ながら良くここまで保《も》ったものだと思う。頑強な躰に産んでくれた両親に感謝しなければならない。

「おい」

馬の下に控える下男に声をかけた。菅助が仕官した時より仕えてくれている男である。年は菅助とあまり変わらない。

聞こえなかったのか、下男から返答がなかった。

「おい」

もう一度声に圧を込めて言う。

「へ、へい」

驚いたように下男が声を上げた。耳が遠くなっているのだ。菅助は咎《とが》めもせずに、左手を下男の方に伸ばした。

「槍を」

「へい」

鞘を払った槍をつかみ、小脇に挟んだ。いつ何時、敵が現れるかも知れない。備えはしておくに限る。

「まだまだ若い者に負けぬぞ」

足下の下男に語りかけたが、やはり答えは返ってこない。

異変が起こったのは、そのすぐ後のことだった。

霧に包まれた前方で喊声が巻き起こったのである。男たちの雄叫びや悲鳴が入り混じるなかに、鉄がぶつかるような音が重なり、馬の嘶きと駆ける音まで聞こえて来た。

菅助がまたがる馬が、音の奔流に驚き、前足を上げる。

「どうっ、どおぉ」

槍を脇に挟んだまま、左手につかんだ手綱を絞って股に力を入れ、馬の腹を絞める。前足を地に付いた馬が、その場で数歩激しく足踏みをして、なんとか平静を取り戻したのだが、その間も前方から聞こえて来る声は止まない。

「なにが起こっておる」

菅助は霧のむこうに問う。答えが返ってくるはずもない。

夜明けはまだだ。

霧は深い。

別動隊が敵を追って降りてくるにはまだ早い。

では、前方から聞こえて来るこの声はなんだ。明らかに戦っている。

本陣だ。

瞬時に結論を導き出すと、菅助は周囲で呆然としている兵たちにむかって叫ぶ。

「本陣が攻められておるっ！　我等もむかうっ！」

言い終えた時には馬腹《ばふく》を蹴《け》っていた。兵たちが将の後を追うように走り出す。しかし菅助の右目は、前方の霧を見据えたままだ。

兵達のことなど眼中にない。

主を助けねばという想いすら、頭にはなかった。

これほど早く敵が現れたということは、別動隊の奇襲を避けたということであろう。

なにが起こったというのか。

菅助は総身が打ち震えるほどの焦燥を覚える。

「上杉政虎……」

敵の将の名を呼んだ。

己の策が見破られたということなのか。

「そんな筈はない」

心の裡に問うたみずからに答え、奥歯を噛む。鈍い音が頭骨を伝って聞こえる。その無様な響きが、虚《むな》しいまでに菅助の胸中の悔恨を掻き立ててゆく。

見抜かれるはずがない。

悟れるわけがない。

抜かりは無かった。

霧が晴れる頃、敵は別動隊の奇襲を受けて、這《ほ》う這《ほ》うの体《てい》で山を降りてくるはずなのだ。

菅助は霧の中を駆ける。戦う声は、止むことはない。

一万三千が無傷であるということは、こちらよりも五千も多い。

そこまで考えて背筋が凍る。

本陣が突出した陣形なのだ。主を最前に晒したままなのである。

そのまま戦が始まってしまった。

一万三千の敵が、本陣めがけて攻めたてているのだ。

「ええいっ！　もっと早う走らんかっ！」

涎《よだれ》を撒《ま》き散らしながら奔走する馬の尻を槍の柄で叩く。

霧で目を塞がれているのは敵も同じ。

「どうして見えた」

わからない。

策が破れ、敵に本陣を奇襲される形となったのは恐らく間違いない。

上杉政虎という男は、本当に毘沙門天の化身だとでもいうのか。主が聞いたら鼻で笑うだろうことを、本気で思ってしまいそうになるが、顔を左右に振って邪念を払う。

霞のむこうに朱色の旗の群れが見えて来た。

武田菱《びし》。

味方の旗である。

敵が仏の化身であろうと構わない。もはや菅助には策を弄する時はなかった。

槍を摑む手に力がこもる。

「おぉぉぉぉっ！」

味方の群れのなかに見える敵の姿に狙いを付け、槍を突き出す。

「何故じゃっ！　何故御主等はここにおる！」

泣きっ面の男の喉から穂先を引き抜きながら叫ぶ。

「どこじゃっ！　上杉政虎はどこじゃっ！」

毘沙門天の化身とはいったいいかなる男なのか。この目で見てみたかった。

老いた躰を奮い立たせ菅助は槍を振るう。策破れた軍師には、それ以外にやれることはなにもなかった。

漆

上杉弾正少弼政虎

時はわずかに遡《さかのぼ》る。

いまだ上杉弾正少弼政虎は、妻女山にある。真夜中には川中島を覆うであろう霧も、いまはその気配すらなかった。

雲ひとつない晴れ渡った夜空に煌めく星々の光を受けながら、政虎はひとり岩山の頂に座している。本陣のそばに、ぽっかりと突き出た岩を見付けたのは、布陣して間もなくのことであった。その頂は、ちょうど人ひとりが座ることができるくらいの平地となっている。そこに座って瞑目するのが、政虎の夜の日課となっていた。

目を薄く閉じて心気を研ぎ澄ます。闇のなかに浮かぶ妄念《もうねん》のことごとくを、丹念に潰してゆく。潰している己すらも忘れた頃、政虎は山と一体となる。

息をすることすら忘れてしまう。

死。

政虎は生きながらにして、死を感得《かんとく》する。

御仏《みほとけ》の教えは、死のむこうなる物を教えてくれる。今生《こんじょう》で己が魂を燃やし尽くし、成仏《じょうぶつ》することで衆生《しゅじょう》から解脱《げだつ》して仏の世に生まれ変わる。逆に悪行の限りを尽くせば、地獄の獄卒《ごくそつ》に久遠《くおん》の責め苦を味わわされることになる。

衆生での行いが肝要だと仏の教えは説く。

政虎は御仏に恥じぬよう日々を生きているつもりだ。得度もした。宗心という名もいただいている。毘沙門天を尊崇し、心の底から信じてもいる。

だが……。

死んだらそれまで。

政虎は心のどこかでそう思っている。

人は寝る。毎日寝る。毎日目を閉じて、忘我の時を得なければ、人は疲れて死ぬ。眠らぬ者などいない。

一度眠りに落ちれば、夢を見る時以外、政虎は己を失っている。一度も夢を見なければ、眠りについて次の朝目覚めるまでは、あっという間だ。

その時、政虎はどこにいるのか。

幼い頃から疑問だった。

死んだ先に御仏の世があるというのなら、地獄があるのなら、魂とは絶えず起きていなければならぬのではないのか。ならば、眠っている時にも政虎という魂は、寝ている己を知覚していなければならぬのではないか。

眠っている時、政虎は死んでいるのだ。なにも覚えていない。無である。朝目覚めるから、眠っていたというだけで、もしそのまま目覚めなかったら、政虎は己が死んだということすら気付かぬまま、この世から消え去ってしまうことだろう。

死の先は無だ。

なにもない。

神仏を尊崇していながら、政虎は死の先に己がいないことを確信している。

だからこそ生きるのだ。誰よりも誠実に。死の先にみずからがいないと思うからこそ、神仏を崇《あが》める。今生のために。みずからが無に帰すからといって、神や仏が無いとは思わない。根本の考え方が常人と違っているだけのこと。

人などという矮小《わいしょう》な存在と、神仏が同根であるわけがない。人は朽ちるが、神仏は不変である。不変であるからこそ、神々《こうごう》しく気高く近寄りがたい物なのではないか。崇めるべき者なのではないか。

行く末に待つ無のために、政虎は今生を後悔せぬよう駆け抜ける。来世の欲などないし、なんなら今生で、欲に塗れた生き方をしようとも思わない。どうせ一度の魂ならば、旨《うま》い物を喰って良い女を抱いて贅沢《ぜいたく》な暮らしをしようなどと思うことは、唾棄《だき》すべき考えである。

誰よりも誠実に、誰よりも苛烈に生きてこそ、上杉政虎という生は全うされるのだ。

己は死んで無に帰す。

それを確かめるために、政虎は毎夜、岩の頂に座すのであった。

いっさいの妄念を捨て去り、無のなかに埋没していると、時という感覚すら無くなってゆく。しばらくそうして完全な無のなかに漂っていると、次第に政虎という魂が揺らめき始める。揺らめきは次第に激しくなってゆき、冷たく凍り付いた闇にうっすらと光を灯す。光は熱となって四肢を温め、政虎はゆっくりと現世に戻って来る。

死から帰還すると、まずは瞼を開く。一気にではなく、徐々に徐々に、みりみりと音がするほどに緩やかに開いて行くのだ。そうすると、それまで完全な闇であった目に、星の光が飛び込んでくる。黒雲に覆われた闇夜であっても、無の境地と比べれば明瞭な陰影を保っているから、篝火などなくともすべてが見渡せるのだ。

星々の眩《まばゆ》い光に照らされながら、眼下に敵の城が見える。

海津城は炎に照らされて、黒々とした山塊《さんかい》の只中に浮かび上がっていた。

こうして十日ほど、毎夜敵の城を眺めている。城に籠っていた三千に武田信玄が率いてきた一万七千を足し、いま海津城には二万もの兵が籠っていた。

武田信玄という男を、政虎は一度も見たことがない。

己よりも九つも上であるという。

いったいどのような顔をしているのか。びっしりと髭に覆われ、眉も黒々として鼻が異様に大きく、目は鬼のようにぎょろぎょろとしている。と、勝手に思っている。頭に思い描く信玄の顔は、やけにぎらついていた。欲が脂《あぶら》となって、顔を覆っているのだ。

そんな顔を脳裏に描いてから、政虎はきまって眉根に深い皺を寄せる。

不快なのだ。

己が一番不快だと思う顔を、信玄のそれとしているといっても過言ではない。つまり、武田信玄という男は、政虎にとって誰よりも許し難き存在なのであった。

甲斐守護武田家といえば源氏の名門である。鎌倉に幕府を開いた源頼朝公とかつては肩を並べたほどの家柄だ。

源家の名門に生まれながら、信玄は甲斐一国だけに飽き足らず、隣国信濃に手を伸ばし、一族内の相克を利用して諏訪家を滅ぼし、信濃守護小笠原家を国から追い、刃向う者はことごとく力でねじ伏せ、領土を広げた。政虎が兵を挙げなければ、上信濃の地も今ごろ信玄の手に渡っていたことであろう。

人の欲には際限がない。目先の欲しい物を手に入れれば、より遠くの物が欲しくなる。それすら手に入れたら、次の欲しい物が現れる。満たされることなどない。欲に魅入られた者は魔道の者だ。死した後に地獄に落ち、獄卒に責め苛《さいな》まれるしか道はない。

死んだ末に世があればそれで良い。

しかし政虎は、死んだ後には無しかないことを悟っている。

ならば現世で悪行の限りを尽くしている者は、現世で裁かなければならない。神仏は死んだ後の武田信玄を裁くことはないのだ。

だからこそ政虎がやる。神仏に代わって、みずからが信玄に鉄槌《てっつい》を下さねばならぬのだ。そうしなければ、武田家の横暴は止まない。

上信濃の国人の苦衷《くちゅう》を救う。それが政虎の大義名分であった。将軍、義輝からも佞臣、武田信玄を征伐する許しを得ている。

この戦は大義の戦であった。

故に、勝ったところで得られる物はなにひとつない。

褒美にありつけぬ戦である。家臣たちの腰も重い。だからこそ政虎は、本庄実乃や直江実綱の言を聞き入れて上京し、義輝と面会し武田討伐の認可を得、関東管領を襲名したのである。もはや政虎は越後一国の領主ではない。そう家臣たちに知らしめることで、褒美に繋がらぬ戦に兵を出すことを納得させている。

欲、欲、欲……。

この世は欲で成り立っている。政虎の家臣たちですら、褒美という欲がなければ犠牲を惜しむ。悪を糺すことになんの関心もない。

だから政虎は一度国を捨てた。

わずかな領地の諍いで、国人たちが争うことに耐えられなかった。隣人よりも多くの富を得たい。誰かに奪われるくらいなら、刃を持って守る。そういう浅ましい性根が、政虎にはたまらなく汚らわしい物に思えるのだった。

どうせ人は死ぬ。死んだら無だ。なにも残らない。

欲は無に帰す者を迷わせる魔道の念である。

往生の刹那まで、もっとああしていれば良かった。あれを手に入れていない。あいつにあれを奪われる。欲に塗れた者たちは、そんなことを思いながら死ななければならない。死んだらなにも残らないのだ。ならば、往生の刹那こそ、己が生のどの一瞬よりも満ち足りていたいではないか。

欲を捨てることだ。

みずからに恥じるような行いをせぬことである。

正しき道を歩いていれば、いつ何時死が訪れたとしても、後悔はしない。

政虎はいまこの場で死んだとしても、いっさいの悔いはない。己が生に一片の迷いもないからこそ、胸を張ってそう言えるのだ。

なぜ、そんな簡単なことが皆にはわからないのか。

衆愚《しゅうぐ》。

言い得て妙であると、政虎は時折思う。

眼下に見える城は篝火で煌々と照らされている。欲に塗れた将に率いられた欲に塗れた者どもが、夜の食い物の支度をしているのだろう。炊煙が至る所から立ち昇っている。

そろそろ、我が家臣たちも夕餉《ゆうげ》の支度に取り掛かる頃であろうと思いながらも、政虎は背後の本陣に目もくれず、敵の籠る城を漫然と眺めていた。

いつもと変わらぬ姿であった。

敵も飯を喰う。明日死ぬやもしれぬ身であれど、人はその明日のために命を繋ぐ。死ぬ定めにあろうとも、己が死ぬなどと思いながら常に生きている者はいない。だから平気で飯が喰えるのだ。

それもまた愚かなことか。

いや。

死が定められていようとも、最後の時まで、己と無の狭間の際まで抗ってこその人ではないか。

生きる。

それに勝る策はない。

その日を生き抜いたことだけで、勝ちなのだ。

天へと上る煙を見つめる政虎の心に、なにかが引っ掛かっている。なんということはないいつもの姿であった。

だがなにかが気にかかる。

そんなことを口走ろうものなら、政景あたりに見えぬと言って叱《しか》られる。どうやら他人には感じられぬ物を、政虎は感じているようだった。そしてそれを見えるという言葉で口にするものだから、奇異な目をむけられてしまう。

だが見えるのだ。

敵の夕餉の支度に、忙《せわ》しない気配が漂っている。言い表しようのない殺気が、城から立ち昇っているようだった。なにかが起ころうとしている。

武田信玄が海津城ではなく茶臼山に陣を布いたのを知った時、政虎は心の底で歓喜の雄叫びを上げた。

そろそろ決着を付けようではないか……。

一度もまみえたことのない晴信の声が、耳の奥に聞こえたような気がした。

理ではない。

政景たちが言うように、海津城と茶臼山に布陣することでこちらの退路を断とうとしているなどという策を問題にしているのではなかった。そんな理屈に思いを馳せずとも、晴信の心の裡は茶臼山の敵の気配から伝わって来るではないか。皆にはそれが見えないのだ。道理を語っても理解できないことは、政景の反応から知れている。だから、己の理で皆を諭すことを政虎はやめた。

茶臼山から海津城へとむかう晴信を攻めようと逸《はや》る家臣たちを止めた時も、多くを語りはしなかった。感じない、見えないと言っている者たちにはなにを言っても通じないのだから、主君として動かぬと断じて家臣の進言を断ち切って止めるしか術はなかったのだ。

動く。

炊煙がそう告げていた。

「解ってくれるであろうか」

虚空に問う。

答えなど返ってくるはずもない。

自嘲するように政虎は笑ってから、背筋を伸ばしたまま垂直に立ち上がり、重臣たちを集めるよう小姓に命じた。

誰の顔にも不審の色が滲んでいた。

左右に並べられた床几《しょうぎ》に座している家臣たちの目を上座で受け止めながら、政虎はみずからの揺るがぬ意思を瞳に宿す。

「今宵にござりまするか」

家臣たちの最前に座している本庄実乃が、笑みのままつぶやいた。政虎は固く口をつぐんで、力強くうなずく。

「儂はいっこうに構いませぬぞっ!」

高らかに言ったのは、柿崎景家である。武辺者の景家は、睨み合ったまままいっこうに進展しない戦に完全に痺れを切らしているのだ。ここを離れ、兵を動かすのであれば、どんな策でもいっこうに構わないのである。

「明日、敵が動くのであれば、機先を制しこちらから仕掛けるっ！　それが一番の上策でありましょう」

「いや、真に明日、敵が動くのかどうか。確証がないまま徒《いたずら》に平地に降りれば、敵に無防備な姿をさらすことになりましょう」

勢いに乗る景家を制するように、直江実綱が冷静に語る。

「そのような悠長なことを申しておる時ではあるまいっ！　殿が山を降りると申されておるのじゃ。我等は速やかに手勢の支度に取り掛かる。それで良いのじゃ」

「そのような無茶を」

「無茶じゃと。そは、儂ではなく殿に対して申したも同然ぞ。敵が動く確証なきままに山を降りるのは無茶じゃと、御主は殿に申したのだなっ！」

「まぁまぁ、二人ともそう熱くならず、殿の話を聞こうではないか」

激昂する景家と、呆れ顔の実綱の間に、実乃が笑みのまま割って入る。

「すぐに出陣いたしましょうぞ殿っ！」

実綱から目を背けた景家が、己が膝を勢いよく叩きながら身を乗り出す。

「本庄の申す通りじゃ景家。そういきり立つな」

政虎の声に荒武者は首を振って続ける。

「敵が動くのであれば、こちらから仕掛けねばなりませぬ。実綱は平地で無防備な姿を晒すなどと寝惚けたことを申しておりまするが、こちらから海津城へと仕掛ければ良いだけのこと。機先を制し城を囲めば、敵も身動きができますまい」

「たわけたことを」

景家の鼻息の荒い声を、実綱の冷淡な言葉が止めた。

「なんじゃとっ！」

「景家」

立ち上がろうとした猛将を、政虎は声だけで制する。床几からわずかに浮かせていた尻を、景家はゆっくりと下ろし実綱に殺気のこもった視線を浴びせている。冷徹な能吏は、荒武者の殺意にもいっこうに動じることなく、淡々とした口調で語る。

「城に籠っておる敵は二万。こちらは一万三千じゃ。城を攻めるに寡兵で臨むなど、聞いたことがないわ」

「機先を制せば」

　景家の言葉から勢いが無くなっている。動けるという喜びで頭がいっぱいになって、兵の数のことが念頭に無かったらしい。

「固く籠った城の門を開くのがどれほど難しいことか小田原で思い知ったばかりであろう」

　十万もの大軍で囲んだ末に、加勢をしていた関東の諸将がしびれを切らして兵を退くという、なんとも締まらない戦であった。あの時のような無様な戦をするつもりは、もちろん政虎にはない。

「殿っ」

　助け船を求めるように、景家が上座にむかって吠えた。

「城は攻めぬ」

　猛将の淡い期待を一言で断ち切ってから、政虎は景家から目を逸らし、居並ぶ家臣たちを視界に収めた。

「敵が動くとするならば、城を出てこの山を攻めるしかあるまい」

「兵を退く。もしくは善光寺を攻めるというのはありませぬか」

　依然として景家から怨嗟の眼差しをむけられていながら、そちらを見ることなく実綱が上座に問う。政虎は首を左右に振ってから、確信に満ちた声で答える。

「此度の戦、信玄も我との決戦を望んでおる。兵を退くことはあるまい。善光寺を攻めるのは論外ぞ。我等に背をむけ進軍するなどという愚策を晴信が犯すとは思えぬ」

はなから解っていたというように、実綱が無言でうなずいた。どうやら鼻息の荒い景家に聞かせたのであろう。

「殿」

実乃が涼しい声で言った。決して大きな声ではないくせに、皆の耳に染み入ったようで、男たちがいっせいに上杉一の重臣へと顔をむける。実乃は弓形に歪んだ目を政虎のほうにむけたまま、笑みを浮かべる唇を柔らかく動かし始めた。

「我が家臣が、土地の者から聞いて参ったことにござりまするが」

「申してみよ」

主の許諾を得た実乃は、小さなうなずきの後、抑揚のない声を男たちにむかって放った。

「この辺りは夏の終わり頃の寒うなってくる朝方には良う霧が出るそうにござります」

「霧……」

主のつぶやきを聞いた腹心は、笑みのまま首を上下させて続ける。

「昼間暑く、夜に冷え込む時、霧が出るそうにござります。今の寒さが信じられぬくらい、今日の昼間は暑うござりましたなぁ」

「今宵、出ると申すか」

「土地の者がそう申しております」

六年前の対陣の折、八ヵ月もの長きにわたって政虎はこの地に留まった。その時のことを思い出す。

朝日が昇る頃、山に囲まれた川中島は真っ白に染まってしまう。一寸先に立つ者の背中さえ見失うほどの濃い霧に驚いたことを、政虎は覚えている。

「当然敵もそれを知っておることでありましょうなぁ」

「信玄は霧を使うか」

「恐らくは」

霧と夜の闇に乗じ密かに城を出て、行軍する姿を隠しながら妻女山に忍び寄る武田菱の旗が脳裏に過る。

「夜が明け、霧が晴れると同時に城を囲む敵が現れ、我等が動転する。信玄めが夢想しておる我等の姿はそのようなものでありましょうなぁ」

今宵敵が動くという政虎の言葉を、実乃は微塵も疑っていない。それどころか、理で諭すことのできない政虎を、霧という理で援護してくれている。

実乃はいつも政虎の味方であった。実乃がいなければ政虎は長尾家を継ぐことすらできなかった。仏門にあった己をみずからの城に呼び、主同然に扱い育ててくれた実乃がいてくれたからこそ、政虎は関東管領という今の立場を得ることができたのだ。

実乃が語り始めてからというもの、敵が動くという政虎の言に不信を抱いていた者たちも、そのことをすっかり忘れてしまったようだった。敵が動くというのはすでに決まったことで、こちらがどう動くかを考えるという段階に、実乃の穏やかな言葉が無理なく進めてくれたのである。

「敵が霧に紛《まぎ》れて動こうとしておるのならば、我等も霧に紛れれば良い」

腹心の言葉を受け、政虎は言った。それと同時に、景家が息を吹き返す。

「我等に悟られておらぬと思い高を括っておる敵の鼻っ面に、拳を喰らわしてやりましょうぞ」

黄色い歯をのぞかせて笑う猛将は、みずからの右の拳を左手に打ち付けながら肩を揺すっている。

今度は景家の言に同意を示す番だった。

「本庄、良う申してくれた。霧が出ることを知らなんだら、儂等は敵の術中に嵌っておったやもしれん。景家の申す通りじゃ。霧中を息を潜めながら進む敵の出鼻をくじいてやろうではないか」

「応っ！」

一人で百人ほどの男たちが挙げるような喊声を景家が上げた。両隣に座っていた者たちが、あまりの五月蠅さに顔を歪める。

「敵は霧中、城を出てこの山を襲うつもりであろう。ならば我等は密かに城を出て、山を降りる」

「こちらの本陣を囲もうと山を登る敵の背後を攻めるのですな」

実乃の言葉に首を上下させ、政虎は家臣たちに告げる。

「霧が出るとはいえ、我等が動いておらぬと見せかけねばならぬ。本陣に立てた旗はそのままにして篝火も消さずに山を降りる。皆、支度を急ぐのじゃ」

誰よりも先に景家が立ち上がる。

「一兵たりともこの地から逃さぬぞ」

政虎の言に異を唱える者はいなかった。それを確かめてから、政虎は実乃に目をやった。上杉随一の忠臣は常から絶やさぬ笑みのまま穏やかにうなずいた。

霧が出るとすぐに政虎は山を降りた。

恐らく時を同じくして敵も海津城を出たことであろう。

確証はない。

岩場から見た城の気配だけが頼りの進軍である。霧が出るという実乃の言葉がなければ、家臣たちが素直に従ったかどうか。心から承服してくれずとも、政虎は無理を通すつもりであった。

確証はないが、確信はある。

信玄はかならず今宵動く。

勝ちを得るためには動くしかないのだ。

敵は妻女山を攻める。ならばこちらは、一度千曲川を渡って平地で兵を止め、海津城から妻女山へとむかう敵をやり過ごさなければならない。やり過ごした後、霧が晴れる夜明け頃に、背後から襲うのだ。山頂付近にいると思っている敵がいきなり背後から襲ってくるのだ。戦上手の信玄とて、防ぎ切れるものではない。

霧中、川を渡る。

馬の口は塞ぎ、兵たちにも足音を立てぬよう厳命している。密かに敵をやり過ごさなければならぬのだ。気配を悟られるような真似は決してできない。

「ん……」

川面を脛《すね》で掻き分けながら進む白馬の上で、政虎は思わず声を上げた。その目は前方の霧を見ている。先にあるはずの川縁さえ不確かであった。先を進む兵の背中は四人先までしか見えない。うっすらと見える五人目の背は、半ばまで白色に染まっている。

止まれと命じるか……。

政虎は心中で己に問う。

密やかな進軍である。足を止めるよう命じるにしても、大声でなければ皆に伝わらない。一万三千もの兵を一度に止めるためには、いくつもの伝令の声が必要だ。

それでも止めた方が良いのではないかと、心の中で政虎は迷う。

なにかが前方にくぐもっている。

気配……。

霧中である。

数人先の姿が見えぬのだ。気配は先を行く味方の者であることも考えられる。

心が粟立《あわだ》つ。

素直に行軍することができない。

焦り。

そんな言葉が脳裏に過る。霧中での行軍からの奇襲など、これまで経験したことがない。幾度も勝ちを得てきたが、これほど難しい局面を経るのは初めてだ。難局が己を焦らせているのだろうか。心が粟立ち、味方が放つ気配に悪しき幻を見ているのではないのか。

違う。

一歩一歩、気配に近付いている。間違いなく、向かう先になにかがいる。ひとつやふたつではない。気配の塊だ。これだけの量の気を放つ物など、考えられるのはひとつしかない。

「止ま……」

そこまで言いかけた時、前方で喊声が上がった。意図した声ではない。悲鳴じみた男たちの甲高《かんだか》い声が靄を伝ってくる。その次の刹那には、馬の嘶きと鉄と鉄がぶつかり合う音が聞こえて来た。

間違いない。

敵だ。

「殿っ！　前方でなにやら」

「わかっておる」

馬の脇に侍《はべ》る近習の声に答えてから、政虎は腰に佩《は》いた太刀に右手をやった。

「せやっ！」

「殿っ」

馬腹を蹴った政虎に若い近習が戸惑いの声を浴びせる。政虎は、制止の声を無視して馬を走らせた。

物見と衝突したのかも知れぬ。

普通の者ならばそう思うだろう。妻女山を攻めるはずの敵が、こんなところにいるはずもない。物見に違いない。それが適当な答えであろう。

しかし政虎は敵の気配を、はっきりと捉えている。物見などという数の敵ではない。大軍だ。靄に包まれ明瞭な数はわからぬが、十人程度ではないことは明らかである。

ならば、やることはひとつだ。

殲滅《せんめつ》あるのみ。

晴信がいようがいまいが、敵が目の前にあるというのなら、押し潰すしか道はない。

「敵じゃっ！　怯《ひる》むなっ！　戦えっ！」

靄を掻き分け進みながら、政虎は叫ぶ。

東の空がうっすらと明るくなってきている。じきに朝だ。

霧が晴れれば、敵の全容が知れる。海津城のすべての兵力が目の前にあるのなら、敵はこちらよりも七千ほど勝っている。

視界が定まらぬなかでの衝突である。混乱しているのは敵も同じなはず。霧が晴れぬ今こそが、寡兵である我等にとっての好機。政虎は瞬時のうちにそう断じ、馬を走らせ衝突した前線へと駆けたのである。

「走れっ！　迷わず戦うのじゃっ！」

味方を奮い立たせながら戦の声が聞こえるほうへと急ぐ。前線へと急ぐ主の姿を見た味方の兵たちが、即座に戸惑いを振り捨てて槍を手に駆けだす。

先陣は柿崎景家である。

戦好きの猛将は、味方を纏めて戦っているに違いない。

味方を掻き分け走る。

すぐに九曜《くよう》の紋《もん》を染め抜いた旗を背負う者たちが見えて来た。柿崎家の手勢である。

「行けぇいっ！　殿からの下知があるまで決して退くでないぞっ！」

薄らいできた靄のなか、雄々しい声が聞こえて来る。政虎は声のほうへと白馬の首をむけた。

すでに前線は敵と味方が入り乱れる混戦と化している。目に入る敵を右に左にと切り捨てながら政虎は進む。

「景家っ！」

越後一の猛将が喜色を満面に浮かべながら戦っていた。槍を両手に掲げ、手綱も持たずに振り回している。その姿に嬉しくなって、政虎は思わず大声で名を呼んでいた。

「と、殿っ！　こんなところでなにをしておられるのですっ！」

みずからの手勢を率いて後方を進軍しているはずの政虎の到来に、景家が驚きの声を上げる。

政虎は馬を並べ、周囲の敵を睥睨《へいげい》しながら、猛将に声を投げた。

「悠長なことを言うておる時ではなかろう」

「しかし」

「敵は」

「最前を行く者の報せでは、孫子の旗を見たと申しまする」

「なんだと」

孫子の旗は武田信玄の旗印である。

「信玄がおるのか」

「この霧にござる。たしかなことは言えませぬが、見た者がおりまする」

答えた景家が、足元から伸びてきた槍を弾いて、そのまま敵の胴に穂先を突き入れた。芯を外さぬ正確な突きは鎧など無いかのごとく、敵の腹にするりと入ってゆく。短い悲鳴をひとつ上げて口から血を吐いた敵を見もせず槍を抜いた景家は、逸る主に猛将らしくない言葉を投げる。

「焦ってはなりませぬ。殿みずからがこのような所に罷り越されるということは、先陣の某をないがしろにしておるようなもの。ここは某に御任せいただきたい」

「ならば御主も共に来い」

「は」

なにを言っているのか解らぬと言った様子で、景家が首を傾げる。そんな猛将の虚を衝くように、一人の騎馬武者が背後から駆けて来て槍を振り上げた。

政虎は景家の脇を軽やかに抜け、騎馬武者と相対する。双方の馬が前進する勢いのまま衝突した。槍の間合いを潜った政虎の太刀が敵の首を斬る。血飛沫《ちしぶき》を上げながら天を仰いだ敵が、そのまま地に堕ちた。

「と、殿っ」

「来るか景家」

「なにを申されておるのか、某にはわかりませぬ」

濃い眉を吊り上げて主をにらむ景家を前に、政虎は霧のなかにうっすらと見える敵の群れを太刀の切っ先で指した。

「あの先にあるのは武田の本陣なのだぞ。これ以上の好機があるか」

「し、しかしこのようなところに真に信玄が」

「戦の最中であるぞ。理は捨てろ」

二万もの大軍を率いる信玄の本陣が、野っ原に不用意にあるはずはない。常人ならばそう考える。政虎も、そう考えるほうが理に適っていると思っているのだ。

しかし、ありえぬことが起こるのが戦場である。

寡兵が大軍を打ち負かすことも、刃を交えずに退けることもあるのだ。尾張の守護代の家老程度の男が、今川家の惣領を討つことだってあるのである。

なにもかも起こり得る。

「後になってあの時ああしておれば良かった、こうしておれば勝てたものをと悔いても詮《せん》無きことぞ。やれるべきことをやるのじゃ。儂は信玄を討つためならばなんだってやる」

「それで死んでは元も子もありませぬぞ」

「死なぬっ！」

言い切った政虎を前に、景家が息を呑む。

「儂は関東管領上杉政虎ぞ。毘沙門天の化身であるぞ」

死なないという理由になっていない。これでは子供の癇癪《かんしゃく》ではないかと思い、政虎は思わず笑ってしまう。

だが、死なないと思っているのは本心である。

「殿っ！」

柿崎家の手勢の間から、見慣れた者たちが馬を走らせ近寄ってきた。景家と政虎を囲むようにして馬を止めたのは、政虎の供回りの面々である。政虎が信頼を置く剛の者揃いであった。

「あまり無茶なことはなされまするな。大事を案じて本隊の様子をうかがいに来られた本庄殿が、殿の不在を知って愕然となされておりましたぞ」

「実乃め、儂がじっとしておれぬことを見抜いておったな」

「本隊のことは御任せあれと本庄殿が仰せにござります」

実乃からの言伝を聞いた景家が、呆れたように溜息混じりに首を左右に振った。

「景家、これで後顧の憂いはなくなったぞ」

「本隊が無事ならば良いという訳ではないのですぞ。殿がおられてこその上杉家」

「信玄がおってこその武田家ぞっ！」

叫ぶと同時に馬を走らせる。供回りの面々は、主の心の裡を即座に悟って後に続く。

「殿ぉおっ！」

背に聞こえる景家の声を聞きもせず、政虎は敵めがけて無心で駆けた。

陽光が地を照らし、虚空の水気を乾かしてゆく。

四半刻ほど前まで一面白色であった川中島が、はるか先の善光寺あたりまで見渡せるほどに澄み渡っていた。

景家の兵が言ったことは間違いなかった。政虎が馬を走らせる先に、風林火山を記した孫子の旗が翻《ひるがえ》っている。

武田信玄の旗印だ。

五十に満たない数の供回りだけを連れ、政虎は駆ける。背後に続く一万三千の味方も、主に負けじと敵にむかって押し寄せていた。

敵は二万もいない。

政虎の直感がそう告げていた。こちらよりも少ない敵が、千曲川を渡った先の八幡原に布陣している。

どうやら待ち伏せをしようとしていたらしい。

霧が晴れ、八幡原に布陣する武田勢の全容が知れると同時に、政虎は敵の意図を悟った。

恐らく霧に乗じて妻女山に奇襲をかけるはずだった別動隊がいるのだ。信玄は味方をふたつに分けて山を奇襲し、政虎たちを八幡原に追い立てて、待ち伏せていた本隊と挟み撃ちにしようとしたのであろう。

奇襲するより先に山を降りた政虎たちと、本隊が衝突したというのが実相であるらしい。

やはり、好機だったのだ。

信玄は恐らく霧が晴れてから戦う手筈を整えていたのである。みずからを囮《おとり》にして、こちらの突出を誘い、両翼の手勢で包み込むはずだったのだ。その証拠に、信玄の本陣はじりじりと後退している。

左右に広がる武田勢が本陣の危機を救わんと物凄い勢いで迫《せ》り上がってきていた。

そこにこちらの諸隊がぶつかっている。

政虎の狙いは揺るがない。

孫子の旗めがけて一直線に進む。

「待っておれ」

口許をほころばせ、政虎はまだ見ぬ宿敵に語りかけた。

供回りたちの覚悟は定まっている。主の身を守ることだけを考え、四方を固めて槍を振るっている。

供回りの者たちの隙間を縫ってみずからを狙って来る敵を、政虎の太刀が容赦なく斬り伏せてゆく。迷いのない政虎の太刀を、三太刀まで防ぐ者はひとりもいない。

前方を守る供回りが、三人同時に倒れた。黒色の馬にまたがった男が、開けた道を悠然と進んで政虎の前に躍り出る。

「上杉政虎殿と御見受けいたすっ！」

老人である。

もはや戦場でみずから武功を望むような歳ではない。手入れの行き届いた漆黒の当世具足に身を包んだ姿は、それなりの所領を持った国人であるように見える。

政虎は馬を止めた。周囲の供回りも主に続く。敵中の只中で足を止めることがどれほど危ういことかを重々承知していながら、政虎たちは馬を止めて老将と相対する。

「某は武田信玄が臣、山本菅助なりっ！」

名は聞いたことがあった。武田家に隻眼の謀将がいるということを。たしかに目の前の老人の左目は塞がっていた。

「我が主、信玄に成り代わって、其処許の首を頂戴いたすっ！　いざ尋常に勝負なされよっ！」

「我と一騎打ちを御所望か、御老体」

「翁《おきな》と思うて侮られるなっ！」

菅助は老体とは思えぬ張りのある声で吠えて、槍を頭上で一回転させた。振り回した槍を小脇に挟んで、右目のみで政虎をにらむ。

「其処許が毘沙門天の化身なら、某は不動明王の眷属《けんぞく》なり」

信玄が不動明王を尊崇しているということは知っていた。

「小癪な」

政虎の口許が自然と吊り上がる。

「良かろう。ならば毘沙門天に成り代わり、其方の首を刎《は》ねてやろうではないか」

「参るっ！」

菅助が馬を走らせる。

政虎は動かない。

二人の間合いがぐんぐんと縮まって行く。

「おぉぉぉぉっ！」

手綱から手を放し、菅助が槍を頭上で何度も回す。

得物は太刀と槍。

菅助のほうが間合いは広い。こちらの太刀が届くよりも先に、菅助の穂先が政虎に達する。

だからなんだ。

政虎は微笑のまま、ゆっくりと馬を歩ませる。

目の前に悪鬼《あっき》の如き形相《ぎょうそう》の老将が迫った。

槍の間合いに入る。

「ちぇぇいっ！」

気合など吐くから……。

政虎は微笑を浮かべながら心につぶやき、淀みなく躰を傾けた。最前まで政虎の左肩があった場所を、菅助の槍が払う。

菅助の脇を抜ける。

背後にある菅助を政虎は見もしない。すでに太刀は振り終わっている。

老将の首が飛んだ。それからゆっくりと鞍を滑るようにして、漆黒の具足に包まれた老体が地に堕ちる。

「行くぞ」

菅助の骸をそのままにして、政虎はふたたび走り出した。

孫子の旗は目の前まで迫っている。

息は切れていない。

供回りの者たちも、誰一人疲れた様子はなかった。

手柄首など誰も見向きもしない。主の望みを叶えるために、一匹の獣と化して戦場を一直線に突っ切って行く。

前方を駆ける者たちの足が止まった。

強烈な壁にぶち当たったようである。

晴信を守る敵の旗本であろう。

「押せっ！　押し切るのじゃっ！」

言いながら政虎も敵にぶつかって行く。

蟻《あり》が這い出る隙間もないほどに肩を寄せ合うようにして並んだ足軽たちが、長槍を構えて孫子の旗の前に並んでいる。ここを抜かれれば主は目の前。足軽たちは必死の形相で槍を構えている。馬の群れを恐れず穂先を突き出して来る敵を前にして、供回りの者たちが迂闊に手を出せずにいる。不用意に飛び込もうものなら、馬の腹を下から突かれて、敵中に投げ出されてしまう。供回りたちが馬上で使う手槍は、足軽たちが持つ物の半分ほどの長さしかない。遠くから突かれれば、近付くことすらできなかった。囲まれて襲われたらひとたまりもない。

馬を突かれることを恐れる供回りたちは、足軽の槍の間合いの外からなんとか突き崩す隙を見付けようとしている。しかし肩を寄せ合うほど緊密に並んだ槍衾《やりぶすま》に太刀打ちできようはずもない。雷鳴のごとき進軍が止まった。

足軽たちは本陣の他の者たちの動きに同調し、じりじりと後退している。前方の敵から注意を逸らさず、槍を斜めに構えたまま腰を据え、ゆっくりと退ってゆく。その足並みより少しだけ速く、孫子の旗が遠ざかる。

足軽と睨み合う政虎たちの周囲を、他の敵が包み込もうとしていた。

このまま押し潰されては元も子もない。

「殿っ！　ここは一旦、柿崎殿の元へと」

「ならんっ！」

撤退をうながす供回りの声に政虎は毅然として答えた。ここで逃したら、もう二度と信玄と戦場で相見えることはない。

邂逅は一度きり。

そしてそれは今この時をおいて他にない。

「しかし、このままでは」

わかっている。

手をこまねいていたら、敵に押し潰されて退路を失ってしまう。

「敵に背を向けるな。生きんとするならばっ！」

咆哮とともに馬腹を蹴った。主の心を悟った白馬が、朝露に濡れる草原を蹄で削る。無数の土塊《つちくれ》を散らしながら、愛馬が敵にむかって駆けだす。

「付いて来いっ！」

それしか道はない。

槍の列を見据え、政虎は右手に太刀を握りしめた。

穂先がぐんぐんと近づいてくる。迎え撃つ敵の目に恐れはない。主を守るという一念で、恐怖と迷いを振り払っている。

敵が動いた。

早い。

政虎は心につぶやく。

功を焦ったひとりが誰よりも早く槍を突き出した。それにつられて左右の敵も、政虎にむかって穂先を突き出す。

まだ間合いの外である。

政虎は左手の手綱を少しだけ引いた。それだけで愛馬には伝わる。

両手を伸ばした敵が、穂先が届かないことに気付いて柄を引こうとする。

その刹那の隙に、白馬が飛んだ。

穂先を飛び越える。

唖然と見上げる敵の顔を、蹄が踏んだ。馬の重さに人の躰が耐えられるはずもない。槍をつかんだままの足軽が二人、白馬に潰されくの字に曲がりながら絶命した。

政虎は止まらない。

一列目の背後にも槍を構えた敵がいる。前列が破られたことに動揺する心の隙を、政虎は見逃さない。二列目の足軽たちが硬直している間に、槍と槍の間に馬を滑らせる。穂先が狭まるよりも先に、ふたたび白馬が舞う。蹄に上から柄を踏まれた敵が二人、同じ動きで前のめりになった。その首筋を、政虎の振り下ろした太刀が襲う。血飛沫を上げ、二人は同時に倒れた。

背後から供回りたちの喊声が聞こえて来る。政虎が作った隙間を、五十に満たない騎馬武者が、力任せに押し開く。

政虎は振り返らない。

孫子の旗。

目の前だ。

栗毛の馬にまたがっている男が旗の下にいた。時代錯誤な豪壮な大鎧に身を包んでいる。

政虎は無言のまま馬の腹を鐙《あぶみ》で打った。

すでにかなり長い間、全力で戦場を駆けている愛馬は、残った力を振り絞り、駆ける。

全軍の退く速度に合わせ、男はゆっくりと馬を後退させていた。取り巻くように侍る兵たちも、主の馬とともに頭をこちらにむけたまま退いて行く。

政虎の駆る愛馬は口から泡を迸《ほとばし》らせ、目も潤《うる》み、躰は汗で濡れているというのに、眼前の男たちの馬は疲れもなく悠然と後ろ足で後退している。

「信玄っ！」

叫んだ。

主を守る騎馬武者たちが、政虎めがけて駆けだす。

左右を供回りの馬たちが駆け抜け、敵の騎馬武者へと襲い掛かる。

「殿っ！　敵をっ！　武田信玄の首をっ！」

声が聞こえる。

わかっている。

政虎は答えない。答えの代わりに、一心不乱に白馬を走らせる。刃を構える男たちを、馬首を右に左に振って躱《かわ》してゆく。

敵の群れが途切れた。

いた。

角の生えた獅子の前立てに白髪をあしらった兜を着けた、いかにも武人然とした顔の男である。

「ははっ!」

四角い顎を覆う髭がぱかりと裂けて、大きな口から快活な笑い声を放ち、男が腰の太刀を引き抜いた。

「其方は上杉政虎かっ!」

太刀を構えて信玄が叫ぶ。

「愚問っ」

「ぬはははは っ! 毘沙門天は戦を知らんのかっ!」

声を無視し馬を駆る。

間合いが狭まってゆく。

もはや二人を遮る物はなにもなかった。

「待ちわびたぞ、この時を」

「阿呆じゃっ! わずかな兵だけを引き連れ、大将みずから本陣に斬り込んでくるとは、御主は大阿呆じゃ!」

「黙れっ!」

阿呆で結構。

この邂逅のために、政虎はこれまで幾度もこの地に立ったのだ。

「佞臣、滅ぶべし」

太刀を振る。

「五月蝿いわいっ！」

信玄の振り上げた刃が、政虎の太刀を止めた。白馬と栗毛がぶつかって拮抗《きっこう》する。

主と同化したかのごとく、目の前の馬を退けんとするように躰で押す。

馬上では二人の男が鍔《つば》を触れさせたまま睨みあっていた。敵味方合わせ三万八千。

その頂点に立つ二人である。

「毘沙門天の生まれ変わりなどというておるから、どれほど神々しい顔なのかと思うておったが、なんじゃ、尻の青い餓鬼ではないか。がははははは」

大声で笑う信玄の口から、獣が放つ生臭い匂いが漂い鼻腔を侵す。

「どこまでも汚き男よな」

「五月蝿いわい。ふぬんっ」

鷲の嘴《くちばし》のような大きな鼻から息を吹き出し、信玄が腹中に気を溜めた。信玄の押し出す鍔が重くなる。負けじと政虎も丹田《たんでん》に気を込め、柄を握る手を押し込む。

「やるではないか小僧」

言って信玄が笑う。その余裕に満ちた顔に苛立ちを覚える。

「信濃から手を引け」

「できんのぉ」

「ならばこの場で殺す」

「やってみろ」

政虎の殺気を浴びてもなお、信玄は悠然と構えて一向に動じない。

巨木。

脳裏にそんな語が浮かぶ。

このまま押し続けても埒《らち》が明かない。根本の力で、政虎は信玄に劣っている。それは素直に受け入れるしかない。鍔を押されている力を利用し、素早く太刀を引いた。

「おっ」

不意を衝かれた信玄が、太刀を手にしたまま少しだけ前のめりになった。

左右の手で器用に柄を回し、くるりと太刀を回転させた政虎は、下からせり上がってきた刃を、眼前にある兜の隙間から見える首筋に向かって振り下ろす。

声は出さない。気合もかけない。仕留めるという気すら起こさずに、淡々と振る。

そうすることで敵に太刀筋を悟られない。

うつむいた信玄の口のあたりから舌打ちの音が聞こえた。

首筋へむかって刃が降りて行く。

「ちぇいっ！」

信玄が力任せに上体を起こした。

首を両断されることを回避した信玄であったが、切っ先が肩から腹にかけて駆け抜けてゆく。

血が舞う。

笑っていた信玄の顔がはじめて歪んだ。痛みをこらえながら、馬から滑り落ちる。落馬したというより、みずから落ちたという感じだった。

「御館様っ！」

声が聞こえたと思った刹那、愛馬が棹立《さおだ》ちになった。尻を槍で突かれている。先刻、叫んだ男が槍を突き出していた。

痛みに耐えかねた白馬が信玄をその場に残して走りだす。

「どうっ、どおぅっ！」

なだめようとするが、馬は止まらない。敵の本陣を一直線に駆け抜ける。風林火山の旗が遠くなってゆく。主を追って供回りの者たちも、本陣から抜け出てきた。

「運の良い奴よ」

脳裏に刻まれた憎々しい笑顔にむかって政虎は語りかける。

「まだ終わってはおらぬ」

今度は己に言い聞かせる。

供回りたちが追いついてきた。

「本陣に戻るぞ。このまま敵を押し潰すのじゃ」

尻の青い餓鬼と言われたが、それもこれまで。これから先は大人の戦をする。

「急ぐぞ。武田信玄は傷を負った。ここで必ず討つぞ」

男たちの奮い立つ声を受けながら、政虎は自陣へと馬を走らせた。

撥　武田信濃守晴信

「大事無い、大事無い」

笑いながら首を横に振り、武田信濃守晴信は駆け寄って来る男たちに答える。

若衆の躰を借りて、みずからの馬に飛び乗った衝撃で、肩の傷の奥の方がわずかに痛んだ。刃を交えて頭に血が昇っているというのに痛むのだから、傷は相当深い。それでもまだ、戦場を離れる訳にはゆかなかった。

押されている。

どこでどう間違えたのか。

敵は、妻女山の奇襲を受ける前に山を降りていたようである。霧の中、晴信たちと同じように八幡原を進軍していたのだ。

不意の遭遇であった。

おそらく敵も、こちらの兵を見て驚いたに違いない。

だとしたら、腹を括るのがこちらが少しだけ遅かったということだ。想定していない敵の出現にこちらが息を呑んだその隙を、敵に突かれたのである。

「まったく獣じみた男よな」

先刻、邂逅を果たした上杉政虎を思い出す。

信じられない男であった。

数十人の騎馬武者のみを連れて、本陣めがけて突撃を敢行するなど、国主にあるまじき行いである。万が一討たれでもすれば、形勢は一気に敵にかたむく。ともすれば家を潰しかねない事態を招くことになる。それが十分に理解できる男であれば、みずから馬を走らせて敵の大将を討とうとなどしない。将棋の盤上で、ただひたすらに敵の王将を取ろうとするような愚行である。そんなことを考えるのは、子供以外にいない。

間違っても晴信はそんな愚かな真似はしない。たとえ、敵軍の大将がただ一人で目の前にいたとしても、家臣に討たせる。それが家臣の功となるのだ。功を挙げさせ、褒美を与えてこそ、主従は主従たりえる。我先に功を挙げるような将に、人は付いて来ない。

ならば、あの男はいったいなんなのだ。

敵の本陣を見付けたからといって、喜び勇んで駆けだすような男に、誰が付いて来るというのか。

付いて来るのだ。

敵は越後の国主である。まとまらなかった越後の国人たちを、己が武名において力ずくで束ねた男なのだ。

それだけではない。

京の帝や将軍の覚えも目出度く、上杉家の名跡を継いで関東管領にまで上り詰めた男なのである。

それが、あんな子供じみた愚行を犯す男であるとは、晴信は思いもしなかった。

「たわけめが」

誰にともなく言って、拳で鞍を叩く。衝撃が肩まで伝わって、頭の芯に痛みを伝える。

目の前では敵味方入り乱れて刃を交えていた。退く本陣を攻めたてる敵を、左右に広がる味方が包もうとしている。

勢いはむこうにある。

包もうとしてはいるが、敵の数が多いから、膜は薄い。集中して一点を突かれたら脆《もろ》い。堪えるのだ。妻女山から味方が降りて来るまで。

百足《むかで》の旗を背負った騎兵が、晴信にむかって駆けてくる。戦場での伝令を務めとする百足衆だ。嫌な予感しかしない。敵の勢いに押されている時に百足はいつも、死の匂いを放ちながらやってくる。

それも決まって仲間の死の匂いだ。

朱の鎧に身を包んだ若武者が、馬から飛び降り晴信の前に頭を垂れた。声をかけずに相手の言葉を待つ。

「山本菅助殿討死っ！」

それだけを告げて若者は顔を伏せたまま固まる。

「菅助が」

「上杉政虎の突撃を阻まんと本陣の前に立ちはだかられ、討たれた由《よし》にござります」

「そうか菅助が死んだか」

すべてを語り終えた若武者は、肩を震わせながら主の言葉を待っている。

「承知した。御苦労」

短い声をひとつ吐いて、若き百足は馬に飛び乗り去って行く。

菅助が死んだ。

頭のなかでその言葉だけがぐるぐると回っている。

晴信の覇道の側《そば》には常に菅助の姿があった。諏訪、そして伊那、佐久と、武田家が信濃の支配を拡大させて行けたのは、菅助の力によるところが大きい。戦は力だけでやるものではないと晴信に教えてくれたのが菅助だった。諏訪家の家督争いに乗じて諏訪を屈服せしめた折、諏訪の支配を円滑に行うためにと、諏訪頼重の娘を側室に迎えるよう進言した時の言葉が、いまでも脳裏に鮮明に残っている。

「刃向う者の頭を力で抑えつけるだけでは、国を従えることにはなりませぬ。人は縁によって繋がるもの。国もしかり。縁無き者に人は情を寄せぬものにござりまする」

縁によって国を獲る。菅助の言葉に従い、晴信は領土を広げ、縁を深めた。上田や佐久という上信濃へと手を伸ばすために、真田幸綱や相木《あいき》昌朝《まさとも》など土地の者を臣とな した。

縁によって領土を広めるということを考えだした頃から、晴信は家臣たちの前で厳しい顔をしなくなった。無理に笑うわけではない。幼い頃から常に笑みとともに生きて来た。それが常態になった。気を引き締めることを止めたら自然と顔付きが柔和になっただけだ。

どんなことでも受け入れる。たとえそれが、心底から承服しかねることであっても。

国を広げるということはそういうことだ。

晴信が討ち取った者を昨日まで主と慕っていた者を従えるのである。

父や兄同然とまで思っていた者の仇に頭を下げる苦悩を理解することはできない。だが、怒りを受け止めることはできる。怒りや憎しみで相対すれば、破滅が待っているだけだ。決して敵は従わず、首を討たれることを望む。慈悲や寛容などという高慢な態度で接しても、勝者の余裕をひけらかすだけで、相手は憎しみを募らせるだけである。

受け入れるのだ。

恨みも憎しみも受け入れて、新たな縁を紡いでゆくしか道はない。そう考えるようになってから、晴信は怒りや憎しみを家臣にぶつけることをしなくなった。

それもこれも菅助がいてくれたからである。菅助が謀略という後ろ暗いところを背負ってくれたからこそ、晴信は家臣たちに対して陽の気を纏う姿だけを見せることができた。憎まれること、蔑まれることは、すべて菅助が献策という形で示してくれた。

菅助が死んだという事実を頭のなかで何度も反芻《はんすう》していると、足元がぐらぐらと崩れ去ってゆくような心地を覚える。己がどれほど山本菅助という男に甘えていたのか。失ってみて初めて痛感させられる。

「退くなっ！　留まるのだ」

叫んだ。

菅助の魂が己に乗り移っている。そんな不思議な感覚を覚える。

「紛紛紜紜《ふんぷんうんうん》、闘乱するも乱る可《べ》からず」

孫子の一節を口にする。周囲に侍る旗本衆が、晴信の言葉を待っていた。

腹に力を籠め、言葉を放つ。

「退かずに留まるよう全軍に伝えよっ！　本陣が動きを止めたことを知れば、皆が左右から寄せて来よう。退きながら包むのでは遅い。我等は留まり、敵の勢いを削ぐのじゃ」

「しかし、このままでは多くの死人が出ましょうぞ。ここは一旦本陣を左右に開き、敵を前進させてみては如何かと。敵にとっても不測の戦いのはず。善光寺へと退くやもしれず」

「ありえぬわい」

たわけたことを言うなと怒鳴りつけてやりたかったが、すんでのところで思い止まった。なおも言い募ろうとする旗本の口を封じるために、晴信は肩の傷を手で押さえながら口を開く。

「本陣が割れてふたつになれば、敵はいずれかひとつに狙いを定め潰しにくる。襲った方に儂がいればもっけの幸い。首を討って大手を振って善光寺に引き上げるであろうよ」

「しかし。敵の勢いは」

「だからこそこの場で堪えるのよ」

言い募る口を制してから、手の太刀を敵の旗にむける。

「逃がしてはならん。ここで逃がしてしまえば、もう二度と上杉政虎を討つことはできまいて」

「政虎を」

本当に討つつもりなのか、と続く言葉を旗本の男は呑んだ。目に威圧の光を満たし、晴信は男を見据える。

「奴は儂の首を取りに来たのだぞ」

肩の傷を叩く。肉の奥の方で鈍い痛みがしたが、構わず何度も叩く。背骨から頭の深いところへと上ってくる痛みが、己が生きているということを知らしめてくれる。

菅助は死んだが晴信はまだ現世《うつしよ》にあるのだ。ならば、やれることを存分にやるしかない。

「己が身を喜んで危地に晒すような者が、道を開けたからというて大人しく引き下がる訳がなかろう」

切りかかってきた政虎の顔が目の奥に蘇る。

笑っていた。

敵の白刃に埋め尽くされた敵地の只中にあって、越後の国主は子供のように笑っていたのだ。晴信を殺すことだけを一心に念じ、単騎敵中を駆け抜け、やっとのことで巡り合った歓喜に打ち震えているようだった。

これまでの戦はすべて、先刻の刹那の逢瀬《おうせ》のためにあったのではないか。そんな馬鹿げたことを考える。晴信にとっては馬鹿げたことであっても、上杉政虎という男にはそれが全てなのかもしれない。

己の奥歯が鳴る音で我に返る。

「御館様」

目の前の男の顔に戸惑いの色があった。少しだけ怯えている。どうやら怒りに顔を歪ませていたらしいと悟って、晴信は顔を伏せて口許を吊り上げた。

「とにかくここで退いてはならぬ。上杉政虎をこの地に縛りつけるのじゃ。さすれば」

太刀を戦場のむこうに掲げた。

切っ先が示すのは、昨夜まで敵が陣を布いていた妻女山である。

「味方が山を降りて駆けつける。そこからが真の勝負じゃ。後詰の味方とともに敵を挟み、上杉政虎の首を取る。これ以上の菅助の弔《とむら》いはあるまい」

菅助の名を聞いた男が唇を口中に巻き込んでうなずいた。

「本陣の大将たちに申し伝えよ。これより先は一歩も退くことはならぬとな」

「ははっ」

男が駈け去って行く。

肩口の肉の奥がじくじくと痛む。

額に脂汗が滲んで、玉となって落ちて行く。かろうじて手綱を摑んではいるが、肩を斬られた左の腕には力が入らない。また政虎が打ちかかってきたら、今度は一太刀も防ぎ切れないだろう。

「戦は一人でやるものではないわい」

眼前で戦う上杉勢を見据えてつぶやく。

あのなかに政虎がいる。

己に見せたような嬉々とした笑顔で今も白刃の中を駆けまわっているのだろうか。ふたたびこの場に突撃を敢行しようと隙を窺っているのか。しかし、もう二度と晴信の家臣たちは敵をこの場に辿りつかせることはないだろう。

伝令が駆け巡ったのか、本陣の兵たちが退くのを止めた。乱戦の最中にあるため、見た目にはさほどの変化はないのだが、じりじりと後方にむかって流れていた動きが止んで、敵の圧が増したように感じられる。突進の勢いを退くことで和らげていたのが、留まるという命を受けて足を止めたことで、勢いを正面から受けざるを得なくなった。その結果、敵の攻勢が強まったように思えるのだ。

それでも動かない。

主が動くなと命じたら、梃子《てこ》でも動かない。それが武田の精兵である。

風林火山だ。

動くなと命じられたその時から、本陣は山となる。

頑強な岩山と化した本陣を、雷を総身に纏う龍が砕こうとしている。巌《いわお》は小さな欠片《かけら》を撒き散らしはするが、砕けるような罅《ひび》は決して入らない。

本陣を救わんと味方が左右から迫ってくる。その姿には最早、鳥が羽を閉じるというような流麗さなど微塵もなかった。燎原《りょうげん》に上がった二つの火が煙に惑う獣を押し包むかのように、左右から挟みこんでゆく。

風よ吹け。

握り拳を鞍に押し付けながら晴信は念じる。

山を削らんとする龍を、左右から押し寄せる火が燃やす。そこに妻女山から風が吹き下ろす。山に押し留められたまま、龍は風によって勢いを増した業火によって焼き尽くされる。

晴信の頭には勝ち筋がはっきりと見えていた。

百足だ。

またも百足が駆けて来る。

あの時のことを思い出す。

十三年前のことだ。

上田原の地で、晴信ははじめての敗戦を味わった。

敗勢を装った村上義清の誘いに乗って、晴信は手痛い反撃を食らった。この戦で傅役であった板垣信方、重臣の甘利虎泰らを死なせてしまった。

馬を飛び降り、百足が跪《ひざまず》く。

「なんじゃ、敵将を仕留めたか」

胸中に巻き起こる悪しき予感を振り払うように、晴信は努めて快活に問うた。しかい若い男は兜の庇《ひさし》で目を隠しながら答えようとしない。

「申してみよ」

催促すると、若者はうなずきもせずうつむいたまま言葉を吐いた。

「諸角虎定殿、敵の手にかかって討死なされましたっ！」

先刻の伝令の淡々とした報告とは違い、若者はいまにも泣きそうな震える声で最後まで言い終えると、さっきよりも深くうつむいた。泣くのをこらえているといった風情の若武者を見下ろしながら、晴信は目を閉じた。

「虎定も死んだか」

菅助と歳の変わらぬ老兵でありながら、戦場で若い者に敗けぬ豪胆ぶりを見せる男であった。策謀で支えてくれた菅助とは違う、豪快な武勇によって晴信の矛となってくれた年嵩の男の死に、言葉が見つからない。

「て、敵の攻めは厳しく……」

恐らく虎定の死に様を語ろうとしているのだろうが、泣きそうになって言葉が出て来ないようである。これでは伝令の用を成さない。この若武者は百足衆には向かぬ。

この戦が終わった後に、役目を解かねばなどと思いながら、口籠る若者に声をかける。

「解った。下がってよい」

「しかし」

「御苦労であった。役目に戻れ」

職務を全うせんと顔を上げ、涙を浮かべた目で主を見上げる若者に、穏やかな言葉をかけてうなずいてやる。すると心優しき百足は、ふたたび顔を伏せ小さな嗚咽《おえつ》を漏らした。

「戦ははじめてでもあるまい」

馬上から声を投げる。

「も、諸角様には日頃より御館にて優しき御言葉を……」

そこでまた若武者は言葉につまった。

やはりこの男は伝令にはむいていない。いや、それどころか侍にもむいていない。どれだけ親しかった上役が死んだからといって、戦場でこれほど動転していては、敵に刃をむけることなどできはしない。殺す前に殺されてしまう。誰にも迷惑をかけずに死んでくれれば良いが、このように弱い心根で敵前に出て、周囲の者との足並みを乱すことで、道連れまで出すような事態にでもなれば目もあてられない。

「余計なことは思うな。虎定のことを弔うのは、甲府に戻ってからにせよ。それまではその想いは胸の奥に仕舞っておけ。胸に仕舞い、みずからの役目を果たすことのみに心血を注ぐのじゃ。でなければ、御主も虎定の後を追うことになるぞ」

なったらなったで仕方がない。このような者は、早々に死んでくれた方が全軍にとっては良いのかもしれない。

そんなことを考えながら、顔には決して本心を滲ませなかった。目には虎定への哀《あい》悼《とう》の念を満たし、口許には若者をなだめる笑みを浮かべ、涙目で己を見上げるまだ幼さの残る丸い顔にうなずいてやる。

「御館様」

もうこれ以上、悠長な時を過ごしていたくはなかった。

「行け」

「ははっ！」

額を地に叩きつけるのではないかというほど勢いよく平伏した若武者が、立ち上がってみずからの馬に飛び乗った。そのまま一度も振り向かず、戦場へと駈け去って行く。どこぞより飛んできた矢に喉を射られてくれぬかなどと、軽く願ってから、晴信はふたたび戦場に目をやって自嘲の笑みを浮かべる。

己も政虎と同類ではないか。

家臣達の前では兵のため民のための戦であるとうそぶいておきながら、死する覚悟すらできていない小僧を見ると、早く死んでくれと心中で願っている。けっきょく、みずからのために兵を使っているのだ。

使えぬ駒はいらぬ。

どれほど寛大に見せようとしたところで、武田晴信という男の芯には矮小な自我が居座っている。いつもおおらかに笑っているのも、器《うつわ》を大きく見せようとしているだけ。己を偽っているのだ。

幼い頃、己を嫌っていた父にいつ殺されるかも解らなかった。弟に家督を継がせたがっていた父の目が晴信に向く時、常から酷薄なその瞳に宿る光に親子の情愛など微塵もなかった。

死ね。

父の目はいつも晴信に無言のうちにそう語っていた。

己を偽るために笑うようになったのは、その頃からだ。父を国から追い、武田家の当主となってからも、晴信は本当の己を笑みの奥に隠した。

誰かに好かれるために晴信は笑う。

幼い頃は父に嫌われまいとして、当主になってからは国人たちに背かれぬために。

晴信は笑う。

笑ったままでいるから、素の顔というのが最早解らなくなっている。

それでも心のどこかでは、みずからを偽っていることを悟っている。笑みで世の中を器用にやり過ごそうとしている晴信を、心中の闇の奥深くから、冷たい目がじっと見ているのだ。

お前はそんな男じゃないだろう。笑って誤魔化しているつもりだろうが、皆気付いているぞ。身勝手で我儘《わがまま》な武田晴信をわかっていながら、付き合ってやっているだけ。お前が武田家の当主だから。お前は父と同じだ。武田家の当主だから頭を垂れているだけのこと。跡を継ぐ者が定まれば捨てられるのだ。

お前が父を捨てたように。

晴信が皆に見せる朗らかな笑みとは真逆の冷笑を浮かべながら、もう一人の晴信は闇のなかで囁《ささや》く。

懊悩する晴信の眼前で、味方が戦っている。敵の猛攻を受けながらも、必死にその場に留まっている。

負けたら終わり。

晴信にはいつもその想いがある。

戦に勝ち続けてこその武田家の当主だ。敗れてしまえば、威光も地に堕ちる。今度の敵は関東管領である。晴信が大敗したという噂が諸国を駈け巡れば、今は盟約のもと友好な関係を築いている北条なども武田を見限るかもしれない。関東で晴信に味方をする者はいなくなり、信濃の国人たちも勢いを盛り返す。甲斐へと押し戻されてなお、果たして再起を図るほどの余力が残っているだろうか。

勢いを無くした主は用無しである。

闇のなかの己が囁くように、国人たちは晴信を見限るだろう。

負けてはならぬ。

常に晴信は焦りのなかにある。

村上義清に上田原で敗れても単身戦場に留まり続けたのは、絶対に負けを認める訳にはいかなかったからだ。己が認めてしまえば、家臣たちは晴信を見限ってしまう。そう思った末の滞在であった。砥石城での敗北の際は、すぐに反撃攻勢にかかろうとした。しかし、真田幸綱が調略によって城を落としてくれた故に、敗北の穴を埋めることができた。

二度の敗北で強くなったとも、しぶとくなったとも思わない。敗けていない。そう思うことで、なんとか立っていられただけのことだ。

今度は違う。

上杉政虎に敗れるということは、信濃の一国人である村上義清に敗れるのとは訳が違う。敵は将軍より直々に晴信討伐の命を受けているのだ。晴信は信濃の平穏を乱す佞臣であると、足利将軍みずからが宣言したのである。

大義は政虎にある。

どれだけ晴信が己の正統を説こうとも、すべてが言い訳である。大義を備えた勝者を前にして、敗者に耳を傾ける者など一人もいない。

「負けられぬ……」

想いが口から零れ出す。顔が強張っていることに気付き、頬を緩めようとするが、思うように行かない。なんとか口角だけでも上げようとするのだが、下顎の骨のあたりが強張って痺れたように動かない。

手綱を握る韘のなかが湿って気持ち悪い。手汗が止まらないのだ。

息苦しい。

敗けるのか己は。

目の前で戦う敵の荒々しさに心が折れそうになる。政虎に率いられている兵のほうが、気でこちらを凌駕している。家臣たちの兵が敵を包まんとしているのだが、政虎は兵を強固なまでにひと塊にして、こちらの攻勢を阻んでいる。一個の塊と化した敵兵が、竜巻《たつまき》のように回っていた。巨大な龍がとぐろを巻き、暴風となって周囲の敵を輪の中央にむかって吸い込むかのごとく、上杉勢がうねりながら戦っている。

「耐えろ。耐えるのじゃ」

手綱を握りしめる手に力が籠る。

心の底から祈りながら、兵たちにむかってささやきかけた。

らしくない。

自分でもそう思うがどうにもならない。快活に笑い、大丈夫だなどという余裕など、どこにもないし、この状況でそんな場違いな言葉を吐くような男なら、誰も主と仰ぎはしないだろう。

ここまで防戦一方になる戦は初めてかもしれない。晴信はそう思う。

口中に溜まった唾を一気に飲み込んだせいで、喉が大きく鳴った。肩の傷の痛みはとっくの昔に忘れている。顔から流れる脂汗は止まらない。

現状を打破しようにも、策はなかった。

この場に菅助がいたら、どういう言葉を晴信にかけるだろうか。

奇策などあるはずもない。この場はじっと耐えるしかないのだ。

兵力は伯仲している。優劣を決めるのは勢いと兵としての強さだ。眼前の戦いを見ると誰でもわかる。兵としての実力は明らかに敵のほうが上だ。仕方がない。率いている者の質が違う。政虎という男は、率いる兵をすべて捨て、敵の本陣へむかって馬を走らせるような男である。みずからの武に絶対の自信を持つ男だ。そんな男に率いられる兵は、常人の兵とは違うのである。

毘沙門天の化身……。

これまで幾度も家臣たちの前で虚仮《こけ》にしてきた異名が、そら恐ろしい物に聞こえて来る。

己は毘沙門天に守られている。

上杉の兵たちは本気でそう信じているのだ。戦の神に愛されている主とともに戦って敗けるはずがない。心の底からそんなことを思っている者たちは、いともたやすく死を越えることだろう。

敵に囲まれていながら、焦りや恐怖を微塵も感じさせず、巨大な竜巻となって包囲する敵を吸い込まんとする。渦の中央に戦の神がいてこそ成り立つ戦いかもしれない。

そんな戦い方は晴信には逆立ちしてもできない。戦の神を翻弄《ほんろう》するだけの策も考えつかない。

ならば。

正攻にて打ち克つしかない。

己は愚直である。菅助や幸綱のように人の闇に手を伸ばし、搦手《からめて》から転ばすような真似はできない。常に正面から叩き潰す。王道といえば聞こえは良いが、愚かで不器用なだけなのだ。

愚かで不器用ならば、それを愚直に遂行するしかない。

この場は耐える。

その一手だ。

かならず反撃の機は訪れる。

妻女山から後詰が到来すれば、形勢は一気に変わる。その時まで絶対にこの地に留まり続けるのだ。愚か者には愚か者なりの戦い方がある。

動かざること山の如し。

愚か者であるからこそ、腹を決めたら誰よりも愚直に信じた道を行ける。

ばたばたと倒れて行く味方の群れのなかに、百足の旗が見えた。

晴信にむかって駆けて来る。

「去《い》ね」

心の言葉を耳に聞き、己が声を発していることに気付いて驚く。ちいさく躰が震えたのを見られていないかと、周囲の旗本たちをうかがうが、激戦から主を守ることに必死で、誰も晴信を見ていない。

旗本が割れ、百足の旗を背負った男が駆けてくる。

片膝立ちになって頭を垂れた。

「伝令にござりますっ！」

「申せ」

ここに留まると腹に決めた。もうどんなことを聞いても心を乱すことはない。

晴信は男を端然と見下ろし、言葉を待った。今度の伝令は、先刻の気弱そうな若者と違い、目に威厳の光をたたえた壮年の男である。男は主を見上げ、への字に曲げていた口を大きく開いて腹から声を吐いた。

「典厩信繁様討死っ！」

それだけ言うと、男はふたたび頭を垂れた。それ以上のことは何も言わず、固まったように主の言葉を待っている。

「信繁が……」

先刻から幾度このような言葉を吐いただろうか。菅助、虎定、そして信繁。身近な者たちの死を知り、呆然とその名をつぶやくしかない己を、晴信はどうすることもできない。

「いっこうに隙の見えぬ敵陣を切り崩さんと、精兵を率い突撃なされ、敵に呑まれてしまわれました」

弟は兄の道を切り開かんとして、みずから暴風のなかに身を投じたのだ。

「そうか。もう良い下がれ」

無言のまま男はうなずき、背をむけて静かに戦場に戻っていった。悲哀など微塵もない堂々とした伝令の姿に、晴信は目をむけることもなく虚空をぼんやりと眺める。

「信繁が死んだか」

愚直な男は菅助の時と同じように己の言葉で事実を確かめようとする。

父に愛された弟だった。晴信などよりよほど器用な弟であった。父に愛されるのも無理はない。武芸も学問もそつなくこなす信繁を見ていると、そう思ってしまう己がいた。

この弟にならば敗けても仕方がない。素直にそう思った。

兄上こそが武田家の当主にござりまする……。

父との決別を覚悟した夜、弟は涙ながらにそう言った。

兄上には勝てませぬ。

弟は口癖のように晴信に言った。憎々し気に兄を見つめる信繁の瞳に嘘はなかった。弟は本心から兄に勝てぬと思っていたのである。

敗けていたのは晴信のほうだ。

骸を斬れと父に命じられた時、晴信は泣いて斬れなかった。しかし弟は、躊躇せず一刀の元に骸を両断してみせた。父の命を忠実にこなしてみせる弟の心の強さに感嘆し、勝てぬと思った。父を追い出さなければ、己の居場所はない。そう痛感させられた。

信繁が支えてくれたから、晴信は武田家の当主として胸を張っていられたのだ。ただ一人、この男には勝てぬと思った弟が、父の好意を裏切ってまで己を支えてくれている。それがどれほど晴信の力になったことか。国人たちにとっても同様である。父に愛された信繁が晴信に心服することで、家中はひとつになれた。父以上の版図を晴信が築くことができたのは、あの時の信繁の決断とその後の姿によるところが大きい。

一門衆の筆頭として武田家を表から支えた信繁と、軍師として晴信の闇に寄り添った菅助が死んだ。

上田原で板垣信方と甘利虎泰という二人の重臣を失った時以上の衝撃が晴信の心を揺り動かす。

一人……。

生者と骸を合わせ二万あまりの味方が集っている川中島のど真ん中で、晴信は唐突に一人になった。

己の本性を見抜き、その弱さに手を差し伸べてくれる者はもういない。

孤独。

どれだけ多くの味方に囲まれていようと、これより先の晴信はみずからの二本の足で立つ以外にないのだ。

「おぉぉぉぉっ！」

唐突な主の咆哮に、旗本たちが驚き、顔をむける。

構いはしない。

太刀を振り上げる。

「ぶち殺せ」

晴信の血走った眼が、竜巻の中心を睨んでいた。

小器用な真似はもう沢山だ。

「ぶち殺すのじゃっ！」

叫んで馬腹を蹴った。

「殿っ」

駆けだした主を追うように、旗本たちが馬を走らせる。

晴信の顔から笑みが消えていた。何故駆けだしたのか、己でもわからない。気付いた時には殺せと叫び、走り出していた。

旗本たちが動きだしたことで、乱戦の渦の周縁で晴信を守るために動かずにいた者たちが前進を余儀なくされる。主が敵にむかって走りだしたのだ。守るべき者について行くしかない。

その場に留まり敵を包囲し後詰の到来を待つ。それが、晴信が下した命だ。しかし、己が下した命をみずからくつがえしてしまった。

馬を走らせる晴信の頭のなかには、道理などすでにない。政虎のような歓喜もない。怒りで我を忘れているのでもない。

小細工を捨てた。小器用に笑うことを止めた。

ただそれだけ。

己は一人。

もう誰にも頼れない。誰かに気兼ねすることもない。

ならば行く。

愚直なまでに真っ直ぐに。

「逃がすなっ！　一兵残らず、ここで殺す。そう心得よっ！」

太刀を掲げて叫ぶ。傷の奥がずきりと痛む。衣が湿っている。乾き始めていた血がふたたび流れ始めたのかもしれない。

痛みが心地良いくらいだった。

生きている。心の底からそう思える。

馬が前に行くのをためらいはじめた。幾度も幾度もその場で足踏みをしてから、意を決するようにして数歩前に進む。前方の人の群れが密度を増しているのだ。戦う男たちの圧が、馬を躊躇させている。

「えぇいっ！　行けっ！」

股に力を込めて、馬腹を蹴る。それでもためらう馬の尻を、太刀で叩く。

「これ以上、前に進めば敵の刃に晒されまするっ！」

「五月蠅いっ！　そんなことは解っておるわっ！」

自制をうながす旗本の声に、罵声を返す。これほど激した言葉を家臣にかけることなど、当主になってはじめてのことだった。

「恐ろしいのなら、来ずとも良いっ！」

吐き捨ててから、晴信は敵味方の別なく人の群れを馬で掻き分け、戦いに身を投ずる。

旗本の言葉通り、いきなり敵の姿が増えた。

「御館様を御守りするのじゃっ！」

周囲を旗本たちの馬が囲む。しかし遠目から見ても大将首であるとひと目でわかる姿を認めた敵は、馬と刃を掻い潜って、晴信の元へと駆けて来る。徒歩《かち》であろうと、騎乗であろうと関係ない。越後の強兵が、己が命などいっさい顧みることなく、晴信めがけて襲い掛かって来る。

「来いっ！」

叫んだが、緊張で喉が狭まって思ったよりも甲高い声がほとばしった。

眼下に迫る徒歩兵に太刀を振り下ろすが、それを機敏に交わした敵は、晴信の顔に真っ直ぐ穂先を突き出してくる。

「ひっ」

悲鳴じみた声をひとつ吐いて、顔をかたむけ辛《かろ》うじて交わした。その時には主の窮地に焦った旗本の手槍が、敵を始末している。

「どうかっ！　どうかここは御退きくだされっ！」

「ならんっ！」

言いながら、己を助けた旗本を押し退け、迫り来る騎馬武者が振るった刃を右腕に持った太刀で受ける。

衝撃が躰を貫き、左肩の傷が激しく痛んだ。力に抗しきれず、上体が大きく揺れる。しかし敵は何事もなかったかのように、弾かれた太刀をひらりとひるがえして、首筋を狙う二の太刀を振り下ろす。

揺れた躰を力任せに起こす勢いで、右手を振るう。

乱暴な挙動で上げられた刃が、敵の太刀を下から叩く。耳を刺すような尖った音を浴びながら、仰け反った敵の顎の下を見据え、晴信は一心不乱に切っ先を伸ばした。

手応えはない。

だが視界の真ん中にある敵の喉には、己が突き出した太刀が物打ちあたりまで深々と突き立っている。

自分の腕の重さに耐えかねたように、太刀を下ろす。その動きに沿って、敵の首から刃が抜ける。

血飛沫が迸り晴信の総身を濡らす。

生臭い熱湯を浴びせ掛けられた心地であった。すでに眼前に男の姿はない。鞍を転がり落ちて、地に伏している。馬で乗り越え、新たな敵を探す。

敵中で主が戦っていることに、本陣の兵たちが奮い立っている。死なせてはならぬと考えているのは旗本たちだけで、他の者たちは馬上で戦う晴信の勇猛な姿を目の当《ま》たりにして、みずからを鼓舞《こぶ》しているようだった。

敵の勢いが弱まっている。戦いの渦中で、晴信は感じていた。

左右から包み込む武田勢の執拗な攻めに、敵がうねりを止められている。

そこに新たな衝撃が加わった。

戦場が揺れる。

晴信は馬とともに激しく左右に振られたのをはっきりと感じた。それは、敵をはさんで晴信たち本陣の対岸に位置する場所から生まれた衝撃であった。

「来たか」

新手の到来である。

妻女山を降りた味方が、ついに八幡原に到着したのだ。晴信の指示など待たずに、馬場信春に率いられた別働隊が、敵の後背に食らいついたのだ。一万を超す軍勢の突撃が、乱戦の最中にあった晴信たちを強烈に揺さ振った。

「決して気を緩めるなよっ！」

叫んだところで誰に伝わるはずもない。

その場に留まり戦えと本陣の兵たちには命じている。その動きを見て、諸将たちにも晴信の真意は読み取れているはずだ。本隊が一丸となって上杉勢を囲んでいるのを目の当たりにした信春たちも、この場で敵を殲滅せんとする晴信の心を即座に悟ったはずである。

器用に立ち回ろうとする武田の兵はこの地には一兵たりともいない。

力で包み殲滅する。

晴信の決意は全軍の意思となっていた。

「逃がさぬぞ毘沙門天っ！」

叫んだ晴信の口調には、嘲りの色はいっさいなかった。

政虎は毘沙門天の化身である。

それは認めよう。

みずからも単身敵中に飛び込んでみて、はっきりとわかった。このような恐ろしい真似など、己が一兵卒であっても容易に出来ることではないと思う。馬を走らせ肩の痛みに耐えながら太刀を振るっている今でさえ、恐ろしくてたまらない。

政虎は笑っていた。

わずかな供の者を連れ敵中深く潜り込み、晴信と刃を交えながら、あの男は嬉々として笑っていた。

己はいま、どんな顔をしているだろうか。

後詰の到来とともに、勢いは完全にこちらに傾き始めている。勝ちが見えて来た。戦いの渦中にあって、命を刃の元に晒しながら、武田晴信という男は笑えているのか。

いや。

笑えていない。頬は強張り、眉根には力が入り、瞳には殺気が満ち満ちている。常に笑みを絶やさない晴信だからこそ、己が笑っていないことがはっきりとわかっている。

それでも。

戦うことは止めない。

すでに両手の指で足らぬほどの敵を屠っている。政虎から受けた肩の傷以外に、敵の刃が躰に届いていないのは、晴信の武の賜物というよりも、周囲を守っている旗本たちの尽力によるところが大きい。

どこまでいっても晴信は誰かに守られている。

政虎のように一人で戦場に屹立《きつりつ》するような真似は逆立ちしてもできないだろう。

菅助が死に、信繁が死んだ。

己を支えてくれる者はもうこの世にはいない。

「ひっ！」

目の前を槍が駆け抜けた。すんでのところで直撃を免れたのは、旗本が繰り出した槍で軌道を変えられていたからだ。槍を突き出した敵の頭を槍の柄で強《したた》かに叩いてから、屈強な旗本は主を見据え腹から声を出す。

「後詰も到来いたしました。もう御館様がこの場で太刀を振るわれることもありますまい。御館様は武田家の要にござりまする。死してはならぬ御方にござる。御館様を御守りするために、菅助殿も典厩殿も、みずからの命を投げ打ち、敵を御止めになられようとなさったのですぞ」

そう。

晴信は守られている。いまもまた、目の前の男に守られた。

「そは弱きことではないのだな」

「は」

主の言葉の真意が読み取れなかった旗本が、首を傾げる。その隙を狙って馬を斬ろうとした敵の首を、器用に槍で貫く。仕留める最中も、その目は主にむけられたまま微動だにしなかった。

こういう戦上手が己を守っている。それが、戦というものだ。

晴信には晴信の務めがある。武田家の当主として、本陣で腰を据えて動かないことだ。

己は政虎とは違う。

それで良いではないか。

「解った。儂は退こ……」

笑みを浮かべ、そこまで言った時だった。

「なんじゃっ！」

あまりの異変に晴信は思わず問うていた。問答を続けていた旗本が、事の深刻さに気付いたのか、晴信の隣に馬を並べ、みずからの槍で主の前方を守る。

後詰が到来した時以上の衝撃が、敵の渦の中央あたりから起こったのだ。力の波が、晴信のほうへと迫って来る。

雄々しい声で戦っていた兵たちが、突如として悲鳴を上げ始めた。泣き声のような声も混じっている。

力の波が晴信に迫って来る。

「なんじゃ、なにが起きておる」

「わかりませぬ。しかし敵がこちらに向って来ておるのは間違いないかと」

答えた旗本の額に汗が浮かぶ。他の者たちも、晴信の元へと集う。周囲の敵兵には目もくれず、旗本たちが主を中心にして幾重にも輪を作った。

ぐいぐいと悲鳴が近づいてくる。

無数の蹄が大地を踏み鳴らしながら、本陣を二つに割ってゆく。

晴信のほうへと迫って来る敵を、味方は止められていないようである。

割れた。

旗本の輪の端の方を掠《かす》めるようにして、武田勢を二つに割った敵が一直線に駆け抜けて行く。巨大な鏃《やじり》となった上杉勢は、晴信に目もくれず、本陣を真っ二つに裂いたまま八幡原を疾駆する。

「逃げて……。おるのか」

鏃の切っ先はすでに本陣を離れてはいるものの、上杉勢はなおも裂け目から次から次へと溢れて来る。

もはや誰も上杉勢を止めようとする者はいなかった。

晴信もまた、追撃を命じることを忘れていた。

北方に見える善光寺めがけて駆けてゆく敵に、武田勢は一人残らず魅入られている。

包囲されているところを、新手が後背から攻め寄せてきた。倍する敵に殲滅させられそうになった途端、腹を決めたように本陣のみに狙いを定め、鏃となって真っ直ぐに突き破り退路を作る。

戦の神でもなければ、これほど見事なまでに敵を割れるはずもない。

「ふふふ」

無性に可笑しくなった。笑い声が溢れて止まらない。

「はははははは」

天を見上げ大声で笑う。

なおも目の前では敵が駆け抜けて行く。その最中に主が笑っていることに、旗本たちは戸惑っている。

鏃の切っ先は果たして誰であったのだろうか。

政虎に違いない。

見逃しはしたが、晴信は確信していた。毘沙門天の化身である主が、みずから先頭に立って敵陣を真っ二つに割って行くのだ。兵たちに迷いなどないはずである。

笑うのを止めて、去って行く敵の背に目をむけた。

「阿呆じゃ。あんな阿呆は見たことがないわい」

勝ち負けを論ずる気にすらなれない。

「御館様」

「これ以上力押しでぶつかり合《お》うても仕方ないとわかったのじゃ毘沙門天は。このまま越後に退くであろう。追うことはあるまい」

追撃を打診しようとしていた旗本に笑みのまま言った。

己との決戦という政虎の望みは果たされたのである。あのままいけば、上杉勢は間違いなく殲滅されていた。

「負けを認めとうない故に、あのような退き方をしたのであろう。どこまでも子供じやな。上杉政虎という男は」

政虎の名を呼ぶ晴信の声には、懐かしい友を呼ぶような響きがあった。

四度目となる両者の戦いは、武田信繁、山本菅助、諸角虎定を討たれる手痛い損害を受けたものの、上杉勢を信濃より退けるという戦果を得た。死者は武田勢四千あまり。上杉勢三千あまり。双方合わせ七千あまりの死者を出すという大戦となった。

決戦から三年の後、両者は川中島の地にて五度目の対陣を果たす。しかし、もはや晴信にも政虎にも、雌雄を決しようという気はなく、ふた月あまりのにらみ合いの末に互いに兵を退いた。

この後、上信濃の地は武田家が領することになった。

結果を見れば、川中島での両家の攻防は、武田晴信の勝利となるのであろう。だが、晴信は越後の海を得るという野望を断念せざるを得なかった。

上杉政虎という男が越後にいる。

晴信にとって、それは越後を得ることを断念させるには十分な理由であった。海を得るという宿願を晴信が果たすのは、今川義元亡き今川家を攻めて奪った駿河の海を得た時のことであった。

死力を尽くして戦った両者には、奇妙な縁が生まれた。晴信は政虎を、政虎は晴信を。二人は互いを友にも似た心境で想い合うようになっていた。

海を持たぬ武田家が、今川と北条によって塩を止められた際、政虎は武田のために塩を送る。晴信の窮状を救うために塩を送った政虎の胸にあったのは、かつて刃を交えた戦友に対する親愛の情であった。

戦国屈指の戦上手同士の邂逅は、多大な被害と引き換えに、両者の縁を結ぶ一戦となったのである。

○主な参考文献

現代人の古典シリーズ1『甲陽軍鑑』吉田豊編・訳　徳間書店刊
『孫子』浅野裕一　講談社学術文庫刊
ミネルヴァ日本評伝選『武田信玄』笹本正治著　ミネルヴァ書房刊
人物叢書『上杉謙信』山田邦明著　吉川弘文館刊
『戦略で分析する古戦史　川中島合戦』海上知明著　原書房刊
『戦国大名武田氏の家臣団　信玄・勝頼を支えた家臣たち』丸島和洋著　教育評論社刊
『村上義清と信濃村上氏』笹本正治監修　信毎書籍出版センター刊
『全国版　戦国精強家臣団　勇将・猛将・烈将伝』歴史群像シリーズ特別編集　学習研究社刊

本書は文庫書下ろし作品です。

|著者|矢野 隆　1976年福岡県生まれ。2008年『蛇衆』で第21回小説すばる新人賞を受賞。その後、『無頼無頼《ぶらぶら》ッ！』『兇』『勝負《ガチ》！』など、ニューウェーブ時代小説と呼ばれる作品を手がける。また、『戦国BASARA3　伊達政宗の章』『NARUTO－ナルト－　シカマル新伝』といった、ゲームやコミックのノベライズ作品も執筆して注目される。他の著書に『弁天の夢　白浪五人男異聞』『清正を破った男』『生きる故』『我が名は秀秋』『戦始末』『鬼神』『山よ奔《はし》れ』『大ぼら吹きの城』『朝《あさ》嵐《あらし》』『至誠の残滓《ざんし》』『源匣記《げんこうき》 獲生伝《かくしようでん》』『とんちき　耕書堂青春譜』『さみだれ』『戦神《いくさがみ》の裔《すえ》』『琉球建国記』などがある。

戦百景《いくさひやつけい》　川中島《かわなかじま》の戦《たたか》い

矢野《やの》 隆《たかし》

2022年7月15日第1刷発行

発行者――鈴木章一
発行所――株式会社　講談社
東京都文京区音羽2-12-21　〒112-8001
電話　出版（03）5395-3510
　　　販売（03）5395-5817
　　　業務（03）5395-3615
Printed in Japan

講談社文庫
定価はカバーに
表示してあります

KODANSHA

デザイン―菊地信義
本文データ制作―講談社デジタル製作
印刷―――株式会社KPSプロダクツ
製本―――株式会社国宝社

ISBN978-4-06-528640-1

講談社文庫刊行の辞

二十一世紀の到来を目睫に望みながら、われわれはいま、人類史上かつて例を見ない巨大な転換期をむかえようとしている。

世界も、日本も、激動の予兆に対する期待とおののきを内に蔵して、未知の時代に歩み入ろうとしている。このときにあたり、創業の人野間清治の「ナショナル・エデュケイター」への志を現代に甦らせようと意図して、われわれはここに古今の文芸作品はいうまでもなく、ひろく人文・社会・自然の諸科学から東西の名著を網羅する、新しい綜合文庫の発刊を決意した。

激動の転換期はまた断絶の時代である。われわれは戦後二十五年間の出版文化のありかたへの深い反省をこめて、この断絶の時代にあえて人間的な持続を求めようとする。いたずらに浮薄な商業主義のあだ花を追い求めることなく、長期にわたって良書に生命をあたえようとつとめるところにしか、今後の出版文化の真の繁栄はあり得ないと信じるからである。

同時にわれわれはこの綜合文庫の刊行を通じて、人文・社会・自然の諸科学が、結局人間の学にほかならないことを立証しようと願っている。かつて知識とは、「汝自身を知る」ことにつきていた。現代社会の瑣末な情報の氾濫のなかから、力強い知識の源泉を掘り起し、技術文明のただなかに、生きた人間の姿を復活させること。それこそわれわれの切なる希求である。

われわれは権威に盲従せず、俗流に媚びることなく、渾然一体となって日本の「草の根」をかたちづくる若く新しい世代の人々に、心をこめてこの新しい綜合文庫をおくり届けたい。それは知識の泉であるとともに感受性のふるさとであり、もっとも有機的に組織され、社会に開かれた万人のための大学をめざしている。大方の支援と協力を衷心より切望してやまない。

一九七一年七月

野間省一